내 노래보다

먼저

산을 넘은 그대

내 노래보다 먼저 산을 넘은 그대

2022년 2월 7일 초판 1쇄 인쇄
2022년 2월 15일 초판 1쇄 발행

지은이 | 이정환
펴낸이 | 孫貞順

펴낸곳 | 도서출판 작가
　　　　(03756) 서울 서대문구 북아현로6길 50
　　　　전화 | 02)365-8111~2 팩스 | 02)365-8110
　　　　이메일 | morebook@naver.com
　　　　홈페이지 | www.morebook.co.kr
　　　　등록번호 | 제13-630호(2000. 2. 9.)

편집 | 손희 김치성 설재원
디자인 | 오경은 박근영
영업 | 박영민
관리 | 이용승

ISBN 979-11-90566-35-3 03810

값 15,000원

내 노래보다

먼저

산을 넘은 그대

이정환 산문집

작가

자서 _____

　내 노래보다 먼저 산을 넘은 그대 그 산 밑 아무도 찾지 않는 빈집에 노래를 부둥켜안고 홀로 사위어 가고 있던

　내 노래보다 먼저 속울음이었던 그대 불현듯 산 하나의 둘레와 높이로 사랑을 이루었던 그대 천길 단애를 딛고 서서

　산을 넘으면 거기 산비탈 오두막집 그리움의 문고리가 있어 아프게 흔들어대던 천년의 깊이로 내려선 그대 내 안의 먼 그대

2022년 1월

이정환

이정환 산문집

차 례

제3부 꿈에 본 사닥다리

제4부 시조와 더불어

제5부 시절 이야기

제1부

쓰는 것

사는 것

눈물꽃나비

그의 글을 읽는다는 것은 곧 그를 만나는 일, 그와 한 호흡이 되는 시간이다. 하여 더없이 기쁘다. 매혹을 넘어 고혹적인 그의 시와 글은 내 영혼을 환히 비추는 빛이다. 놀라운 광채다. 내가 살아있음을 한껏 증명한다.

*

인생······································구름의 생일.

*

그··································마그마의 아들, 태양의 장자.

*

　살아 있다는 것은 노래하고 있다는 것, 살아 숨 쉬고 있다는 것은, 언어와의 기나긴 시름을 마다하지 않고 있다는 말이다. 무수한 노래를 불렀지만, 나는 아직 목이 마르다. 눈을 뜨면 붓을 들고, 눈 감고 누웠어도 붓을 놓지 않는다. 이 불굴의 열정, 이 다함없는 힘을 무어라고 이름 지어 부를까. 알 수 없는 일이다. 그 알 수 없는 길을 반평생 걷고 있다.
　미선나무 아래 삐꺽거리는 배를 대고 먼 데 하늘을 본다. 구름결이 눈부신 늦봄의 하오, 붉은 꽃잎들이 눈앞에 뚝뚝 지고 있다.
　노래가 그치는 곳에 나의 묘지는 있으리라.

*

　어디선가 시멘트 바닥 긁히는 소리가 났다. 퍼뜩 돌아보니, 빈 과자봉지 하나가 바람에 떠밀리어 가면서 내는 소리였다.
　봄의 소리.

*

　명곡에서 용연사 가는 길은 고즈넉하다. 못물이 있고, 솔숲이 있고, 진달래꽃이 지천이고, 새들이 오고간다. 순식간에 길을 가로질러가는 새 떼들은 유리창 앞에서 한 줌 싱그러운 흙이다. 알맞게 젖은 흙 한 줌은 또 순식간에 새 떼들로 몸바꿈을 한다.

흔치 않은 그런 장면과 맞닥뜨릴 때 남모르는 환희를 느낀다.

*

아주 요요한 곳에 명적암이 있다. 용연사 옆길을 따라 좁다란 산길을 한 오리쯤 오르면 꽤 넓은 구릉지가 나타난다. 인적이 끊길 만한 곳이다. 노스님과 몇 마리의 개가 그곳을 지키고 있었다. 멀리서도 잘 짖던 개도, 스님도 세 번째 찾아갔을 때는 보이지 않았다. 노고지리만 물이 한껏 올라 푸릇푸릇한 높은 나뭇가지 위에서 우짖고 있었다. 비슬산의 위엄이 내리덮고 있는 골짜구니, 나는 그곳에서 원시의 서정과 만나는 기쁨을 누린다.

참으로 시가 깃들만한 풍광이 거기에는 있다. 쉼의 의미가 바람결에 서늘하니 전해져 온다.

*

산길 곁의 못물은 정겹다. 왼쪽 길에는 셋, 오른쪽 길에는 하나. 못물은 마른 가슴을 적신다. 바라보기만 해도 눈을 젖게 한다. 마음 깊숙이 스며드는 물의 기운은 심호흡을 하게 만든다. 산길이 거느리는 못물. 그래서 산길은 더욱 서정적이다.

붉은 꽃잎으로 무한정 뒤덮여 있는 봄날의 못물은 황홀한 나머지 제대로 숨을 쉬지 못한다.

*

4월 초순 통일전 뜨락은 자목련이 만개한다. 아무리 보아도 자목련 꽃송이는 꽃이 아니라 새로 보인다. 수백 수천의 자목련새들이 곧장 날아오를 듯 날개를 펼치고 있다. 나는 그것에서 눈길을 떼지 못한다. 언제 날아오를지 알 수 없기 때문이다. 그러나 불행하게도 자목련 새들은 한 마리도 비상하지 못하고 땅으로 내려앉는다. 내려앉아 이내 시들고야 만다. 그것은 못내 슬픈 일이다. 해마다 나는 그 일을 되풀이해서 겪지만, 자목련새는 눈물꽃나비처럼 꿈속에서만 날아오를 뿐이다.

경주 남산 기슭 하늘을 날아오르는 새여. 자목련새여. 눈물 어룽지게 하는 자줏빛 나의 새 떼여.

*

꽃송이, 저 붉은 꽃송이들이 붙잡는 발길, 눈길. 그래, 그래 네가 붙들 때 나는 걸음을 멈출 수밖에 없다, 지금 멈추지 않으면 너와 어찌 이 봄을 함께 했다 말하랴. 네 강렬한 눈빛에 이미 불타버린 내 마음을 너는 송두리째 앗아 가버렸으니, 너와 함께 한 이 저물녘을 나는 이제 저 강물에 결코 한 점도 흘려보낼 수는 없으리라.

복사꽃이여. 숨이 콱 막혀버릴 밤이 저만큼 오고 있어, 복사꽃이여. 나는 너의 눈부심을 어쩌지 못해 네 이름을 목 놓아 부른다. 즈믄 해이듯 그렇게…….

*

고령 개진포. 한적한 강변을 따라 걷는다. 해저물녘이다. 주위엔 아무도 없다. 이따금 청둥오리 떼가 푸드덕 날아오르고, 서녘하늘은 붉게 물들어 가고 있다. 강물위로 떠내려갔을 꽃잎을 떠올려 본다. 강물 위로 떠내려갔을 옛사람을 떠올려 본다. 그들의 붉은 얼굴이 강물 위로 시방 얼비치는 듯 하다. 그리고 내게 뭔가 말하고 있는 듯 하다.

'무얼 얻으려 이 강가를 서성거리고 있느뇨? 그냥 서나서나 흘러갈지니…….'

*

나는 차를 몰고 달린다. 청송 쪽으로 가기 위해서다. 탑리 오층석탑을 만나고, 한반도에서 가장 먼저 솟아오른 화산인 금성산과 수정사, 지붕에 백일홍 붉은 꽃이 전설처럼 뒤덮인 용문정을 막 들러 보고 가는 길, 멀리 길 한 머리에 작은 팻말이 하나 보인다. '이곳은 佳音面입니다.' 의성군 가음면이었다. 내가 아주 어릴 적 누이들로부터 자주 들은 동네다. 한자로 적혀 있는 것이 특이했다. 보는 순간 나는 어떤 벼락같은 영감을 정수리에 받은 듯 오, 나의 호를 저것으로 해야 하겠다고 마음먹었다. '아름다울 佳 소리 音, 으음 佳

흡이라?'

　2000년 여름 어느 날이었다. 나는 그 이후로 가음이라는 이름의 시인으로 살고 있다.

*

　나는 도적이다. 그리움으로 채워진 궤짝을 훔친……. 그 궤짝 등에 짊어지고 천년의 분화구에 뛰어든 슬픈 도적이다.

　분화구를 오랫동안 내려다본 적이 있다. 하얀 김이 피어오르는 분화구 아래는 들끓어 오르고 있었는데, 기이하게도 청자와 같은 푸른 빛깔이었다. 그리움으로 가득 채워진 궤짝을 등에 지고 그 속으로 뛰어든다면 순식간에 다 녹아 없어져버릴 듯 하였다. 머릿속이 어둠으로 꽉 차 있었다면 나는 그 자리에서 곧장 뛰어내렸을지도 모른다. 그러나 이국의 하늘이 퍽이나 맑고 푸르러 나는 그런 생각이 전혀 들지 않았다.

　그럼에도 나는 도적이다. 천년의 분화구에 뛰어든 뒤로 여태 나오지 아니한, 나오지 못한 슬픈, 도적이다.

*

　천지에 봄은 와서 이를 데 없이 현란한 날, 앞산 끝자락 임휴사 입구는 4월 초까지 무채색이다. 온 누리가 다 휘황찬란할지언정 홀로 어두운 채로 이 봄을 날듯이 칙칙한 그늘 속에 잠겨 침묵하고 있다. 대체 알 수 없는 저 모습을 일러 무어라고 말해야 옳으랴. 영 모를 일이다. 바다까지 내려간 우울의 심연, 흡사 그와 같은 침묵으로 쭉쭉 벋은 나무들은 비길 데 없이 울울창창하여 그 속을 헤아리기 어렵다. 가까이 다가가기가 수월치가 않다.

그러나 보름쯤 더 지나자 초록 숲을 이루고 있었다. 마침내 임휴사 숲은 봄을 한껏 껴안은 것이다.

*

봄꽃들은 마구 집안으로 쳐들어온다. 그것은 엄청난 힘으로 밀려오는 꽃파도, 꽃물결, 꽃천지다. 에워싸고 에워싸서 온몸을 이냥 꽃무더기로 만들어버릴 듯 꽃 무덤으로 쌓아올리고 쌓아올릴 듯 봄꽃들은 검은 눈동자 안으로 끝없이 뛰어들고, 나는 꿈같이 그것에 붙들려서 어찌할 바를 몰라 머리를 짓찧기도 한다.

진실로 봄꽃에 얼굴 파묻고 숨 끊겨도 좋을 성 싶은 밤, 봄밤이여.

*

초평 저수지는 꽤 크다. 언덕길에서 보면 멀리 작은 섬이 보인다. 섬 안에는 매운탕집이 있다. 차에서 경적을 두어 번 울리면 배가 곧장 물살을 헤치며 달려 나온다. 배를 타기 전 벼랑의 나무를 쳐다보는데 손님을 태우러 온 사람이 말했다. 미선나무라고. 천연기념물, 바로 그 나무였다. 그 옆에는 낡아 이제 쓸 수 없는 목선이 하나 매여 있었다. 일행은 목선을 디뎌 밟고 배를 탔다. 마지막으로 배에 오르면서 나는 작은 목소리로 혼자 중얼거렸다.

'미선나무 아래 마침내 배를 대다!'

*

향산. 측백수림이 있는 산이다. 그곳에는 해탈교가 있다. 몇 번 그 다리를 건넜지만, 해탈할 수가 없어 측백나무를 끌어안고 향산에 묻히고 싶었다. 향산의 어둠은 향기로웠다. 향산의 입술은 늘 촉촉이 젖어 있었다. 나는 그곳에서 대체 몇 날 밤을 보냈는지 모른다. 내 발자국들은 이미 화석이 되어 있을 것이다. 향산의 아랫도리를 적시는 실개천은 꽃으로 뒤덮여 있을 것이다.

나의 시간은 오래도록 그곳에 묶여 달빛을 받고 별빛을 받으며 혼자 속울음을 삼키다가 하얗게 말라 바스러져갔다. 아주 오래 전 그날, 즈믄 해의 설화처럼 까마득히……

*

아스팔트길을 벗어나자 좁다랗고 몹시 가파른 산길이 가로막고 선다. 십리 가까이 톺아 올라가니 鴨谷寺가 멀리 보인다. 물안개가 골짜기에서 산중턱으로 몰려 올라가고 소쩍새가 구슬프게 울음 운다. 한 여인이 돌계단을 내려온다. 문득 마주친 눈빛, 엷은 어둠이 드리운 얼굴이다. 살포시 미소를 띠자 곧 그늘이 걷히면서 낮달처럼 환해진다. 이적지 어떤 연유의 삶을 꾸려온 것일까? 나의 어깨와 반 뼘도 채 안 될 사이를 유지하며 스쳐 지나간다.

군위군 삼국유사면 낙전리 싸리밭골 남쪽 깊숙한 산기슭 한 비탈에 자리한 압곡사, 수십 년 전 내 누이들이 봄철이면 원족을 갔던 곳이다. 나는 지금 애년을 넘겨 혼자 원족 중이다. 절을 만나러 왔다가 조금 전 불현듯 맞닥뜨린 한 여인에게 사로잡혀 있다. 벼락같이 돌아보니 흔적조차 보이지를 않는다.

아아, 시는 이렇듯 멀고 사랑은 다함없이 아득한 것인가?

*

佳人. 봄에 온 가인. 나는 한 사람을 알고 있다. 그의 아름다움은 필설로는 다 하지 못한다. 그러기에는 내 붓끝이 짧을 뿐이다. 그는 가곡 「목련화」의 가인처럼 봄에 와서는 떠나지 않고 있다.

나를 늘 지켜보고 있는 이 세상에서 가장 아리따운 여인. 생각할 때마다 숨이 막힌다. 정수리로부터 일어난 불같은 전율이 순식간에 온몸을 뜨겁게 달구어 버린다. 때로 소스라치게 한다. 자지러지게 한다. 미어지게 한다. 거꾸러지게 한다. 들끓어 오르게 한다. 목청껏 부르짖게 한다.

세상 사람들은 말한다. 그런 가인을 만날 수가 없다고. 그러나 그는 봄에 왔고, 그 이후로 나와 함께 있다. 내가 그인지 그가 나인지 모를 시간은 우리를 끊임없이 휩싸고 흐른다.

나는 그를 생각할 때마다 "아아!"라는 찬탄을 줄곧 터뜨릴 뿐이다.

*

나는 클래식을 즐겨 듣는다. 내가 좋아하는 음악가는 다른 이들과 별반 다르지 않다. 바흐, 헨델, 베토벤, 모차르트, 브람스, 슈만, 슈베르트, 멘델스존, 파가니니, 안토니오 비발디, 에드워드 엘가, 쇼스타코비치, 글렌 굴드, 기돈 크레머, 라흐마니노프, 안네 소피 무터, 조수미, 장한나, 장 필립 오딘,…….특히 운전하면서 듣는 것을 퍽 좋아한다. 베토벤의 전원교향곡은 천 번도 더 들었으리라. 슈베르트의 숭어 제4악장은 감미로움의 극치다. 비발디의 「사계」는 1978년 12월 경북 금릉군 증산면 장전리에서 새벽녘에 처음 음반을 통해 들었다.

그 때의 장중한 느낌은 아직도 생생하다. 그 울림이 내 핏속을 면면히 흐르고 있는 것을 이즈음도 느끼고 있다. 그 산골짝 겨울바람과 함께.

*

브람스는 스승 슈만의 아내인 클라라를 흠모한 나머지 일생을 혼자 살았다. 눈물 그렁그렁하게 하는 브람스의 음악은 눈물을 마구 쏟아지게 하는 차이코프스키 음악과는 판이하게 다르다. 브람스를 들으며 가을날의 음울함을 이겨내었다는 이야기를 한 지인에게서 들은 적이 있다.

엘가의 「사랑의 인사」는 그의 처녀작이다. 스물여덟 살의 엘가는 아홉 살 연상의 아내에게 이 곡을 헌정하면서 결혼한다. 그 후 그의 아내는 내조에 지극정성을 다한다.

그들의 사랑과 예술혼은 생의 의미를 깊게 하기에 모자람이 없다. 내가 음악을 듣고, 시를 쓰고, 노래하는 것은 눈물꽃나비를 만나기 위한 소망 때문이다. 눈물꽃나비는 나에게 무엇인가? 대체 그의 존재는 무슨 의미를 가지는 것일까? 아직 아무도 본 적이 없는 눈물꽃나비를 찾아 나는 날마다 길을 떠난다.

*

육체의 남은 때, 목숨의 남은 때를 아무도 모른다. 구름과 같다. 바람과 같다. 물결과 같다. 흰 나비의 날갯짓과 같다. 하여 그 때에 매여 가만히 앉아 있을 수는 없다. 다함없는 도전, 다함없는 불길 속을 달려가야 하는 것이다.

남은 때가 닥치면 한 방울 이슬마냥 소리 소문 없이 스러질 일이다.

*

쉰을 넘어서도 여태 마그마처럼 속에서 들끓어 오르는 열정과 도전의식을 벼리고 있는 이가 있다면 그를 어떻게 보랴. 끝과 맞닥뜨릴 때까지 가고자 하는 그를 대체 어떻게 하랴. 그의 걸음이 끝의 끝에 당도할 때까지 유정히 지켜볼 밖에 다른 도리가 없지 아니 하랴.

오오, 시여. 나의 눈물꽃나비여.

오백년 입맞춤

*

눈앞에 앉아 있으면 곧 그것은 그리움이다. 피할 수 없는 운명, 빠개질 듯이 아픈 앙가슴.

언젠가 그렇게 만난 이의 눈빛은 깊숙했다. 빠져들어 잠겨 버리면 그만 천년이 후딱 지나가 버릴 것 같은 깊이였다. 머릿결은 치렁치렁했고, 손길은 한없이 부드러웠고, 목소리는 연초록 나뭇잎이 떨리듯 푸르렀다.

나는 그날 영원을 보았다.

*

바로 앞에 있기를 소망한다.
바로 앞에 있다는 것은 축복이다.

늘 환한 빛 속이다.

1969년 봄 시인의 육성으로 예이츠의 「이니스프리 호도」를 들었다. 감미로웠다. 아, 나도 저런 시 한 편을 남길 수 있을까. 꿈결에 이니스프리 섬이 떠올랐다. 그곳을 바라보면서 나는 시 몇 줄이 때로 인생을 뒤흔들 수도 있겠구나 하는 생각이 들었다.

바로 앞에 시가 있었다. 그것은 광휘였다. 극광의 왈츠였다. 나는 그 이후로 오로라 앞에 있었고, 오로라 역시 나의 앞에 있었다. 꽃잎 속에 휩싸인 어느 봄날이었다.

*

떨림 속이다.
울림 속이다.
들렘 속이다.
설렘 속이다.

태초에 설렘이 있었음을 믿는다. 그로부터 비롯된 사랑의 역사는 오늘에까지 이르러 온 누리에 차고 넘친다. 설렘 속을 유영하는 나의 영혼은 자유그 자체다. 꿈꾸기를 그치지 않는다. 잠들 때 눈물 머금고 깰 때 이름 부른다. 누군가를 끊임없이 부르는 일이 인생이다. 일생이다. 영원을 향한 길이다.

마로니에 새순이 어찌 설렘 없이 돋아났을까. 사월에 지천인 벚꽃은 하늘에서 내려온 한 채 구름 궁궐이다. 설렘 없이 어찌 땅으로 내려왔을까.

설렘은 곧 영원의 다른 얼굴이다.

*

산이고 싶은 이는 산이 된다. 들이고 싶은 이는 들이 된다.

하늘이고 싶은 이는 하늘이 된다. 무엇이든지 원하는 일은 원하는 대로 된다.

다만 간절히 원치 않아서 이루어지지 않을 뿐이다.

*

의자를 의지한다.

바람을 의지한다.

나무를 의지한다.

꿈을 의지한다.

꽃을 의지한다.

하늘을 의지한다.

땅을 의지한다.

눈빛을 의지한다.

그가 나를 의지한다. 그것은 거의 영원에 가까운 일이다.

*

특별한 일 없어 기쁜 저녁.
특별한 일 없어 기쁜 아침.

따끈한 차 한 잔 앞에 앉는다.
소소한 축복이다.

*

나는 글 쓰는 사람으로 살아오면서 하고 싶은 일은 다 해보았다. 욕심이 많아 많은 책을 펴냈다. 내면에 자리한 용광로 때문이다. 활활 타오르는데 어찌해 가만히 앉아 있을 수 있었으랴. 쓰고 또 썼다. 내 붓끝에서 나오는 시편은 대부분 사랑에 관한 것이었다. 쓰지 않으면 미치고 말 것 같아서 부단히 몰입했다.

끝을 모르는 좌절과 방황이 시를 버리게 했다가 시로부터 버림받았다가 다시 시가 돌아오면서 일어설 수 있었다.

*

시인

예언자.

예언자여야 하리.

*

자기만의 시공간, 그것이 확보되지 않으면 심연과 맞닥뜨릴 수가 없다.

혼자 살피는 시간, 혼자 걷는 길, 혼자 보는 영화, 혼자 바라보는 나뭇잎, 혼자 우러르는 산 능선, 바다 물결, 꽃구름과 해풍. 온전히 혼자가 될 때 애월 바다가 눈에 들어오고, 시스루 속의 미묘한 떨림도 들추어낼 수 있다.

심연에는
항시 시가 고여 빛난다.

*

나는 다소곳한 여인을 만나면 오래도록 말없이 바라보기를 좋아한다. 신비의 그늘에서 눈을 떼지 못한다. 아, 저토록 사람이 아름다울 수가 있을까, 탄복하면서 바라보기를 그치지 않는다. 약간의 쓸쓸함이 묻어나는 깊은 눈망울을 바라보다 곧장 빨려 들어가 버린다. 그의 희디흰 목덜미로부터 생명의 아름다움을 절감한다. 입에서 몇 마디의 말이 흘러나오는 순간 때로 숨이 콱 막혀서 안절부절못한다.

내게 시가 늘 그러하다.

*

사계절의 나라, 이 땅!

사철이 순환하는 우리나라가 좋다. 나뉘어져 살고 있고, 정쟁으로 늘 들끓지만, 역동성이 있는 작은 나라, 저력 있는 코리아가 좋다.

그 무엇보다 이 땅에 우리글이 있다는 것이 참으로 좋다. 무슨 생각이든지, 무슨 사물이든지 마음껏 표현할 수 있어서 좋다. 거침없이 쓸 수 있고 걸림이 없기 때문이다.

많은 문학 갈래 중에 시조를 쓴다는 사실이 기쁘다. 정형률의 미학적 양상이 다채로워서 좋다. 어떤 시상이든지 다 담을 수 있어서 좋다. 일정한 규제가 있는 것이 좋고, 말의 묘미가 무궁무진하여 더할 나위 없이 좋다.

*

나는 성경 속의 인물들을 생각한다.

요엘 말라기 야베스 사드락 메삭 아벳느고 압살롬 바울 룻 나오미 다윗 골리앗 디르사 이삭 이스라엘 여호수아 요나 욥 엘리야 이세벨 이사야 다니엘 하박국 에스더 갈렙 사무엘 베드로 요한 주 예수 그리스도…….

이 중에는 위대한 인물도 많지만, 비참한 최후를 맞은 이, 허물과 죄가 많은 사람도 있다. 죽음을 불사하고 산 사람도 적지 않다. 엄청난 복을 누린 이도 있다. 그 중에 내가 자주 생각하는 인물은 야베스다.

야베스를 알면 하나님이 보인다.

*

언제까지 동행할 것인가 묻는다면 영원이라고 답하리라. 시는 영원에 이르는 길이므로. 오리무중도 마다않는 길이므로. 구원의 본질은 아닐지언정 거의 거기에 근접한 것이 시이므로.

내게는 설렘과 더불어 그리움이 있다. 열정은 말할 것도 없다. 아름다움 앞에서 사족을 못 쓴다. 미쳐버린다. 나는 미치지 않기 위해 부지런히 시를 쓴다.

*

몇 해 전 시월, 남녘 바다 위를 걷고 있었다. 장흥이었다. 바다 위의 다리를 지나면서 등에 진 짐과 함께 파란 바다 속으로, 심연 속으로 뛰어들고 싶었다. 모든 것이 너무나 싫었다. 그 모든 것들보다도 더욱 나 자신이 싫었다. 존재의 이유를 상실하고 있었다. 숨이 왜 끊어지지 않을까 무수히 되묻곤 했다. 장흥 바다는 내가 수장되기에 가장 알맞은 곳이었다.

그러나 나는 끝까지 뛰어들지 못했다. 생각 뿐 실행을 못했다. 대체 어떤 어둠이, 무지막지한 어둠의 세력이 내 안을 그토록 괴롭히고 있었던 것일까. 그것은 음울이었다. 무기력이었다. 진땀이었다. 말 못할 나락이었다. 바닥의 바닥을 쳤던 정신이 다시금 솟구쳐 오르지 못하고 무장 허덕거리고 있었다.

몇 개월이 후딱 지나가버렸다. 그 후 간신히 몸을 추스른 나는 조금씩 힘들게 걸을 수 있었다. 그 어떤 위로도 힘이 되지 못한 와중에 눈물 나게도 한없이 따사로운 손길이 있었다. 그 힘으로 버텼고, 일어났고, 나아갈 수 있었다. 설렘을, 그리움을 다시금 회복할 수 있었다. 그 고마움을 여기 이곳에 연필로 꾹꾹 눌러 써서 남긴다.

오, 다함없는 오로라여.

*

르코르뷔지에와 안도 타다오.

세계적인 건축가다.

이들은 빛과 바람과 나무가 있는 집을 짓고자 했다.

나는 그들의 건축철학에서 새로운 시어를 하나 만들었다.

……빛바람나무.

*

고목이 된 느티나무 아래 긴 의자가 놓여 있고, 그곳에 청춘남녀가 앉아 있었다. 그들은 꼭 껴안고 오랫동안 숨 막힐 듯 입술을 나누고 있었다. 영화의 한 장면이었다. 뜨거운 열기가 화면 바깥으로 분출하고 있었다. 내 눈에는 그것은 오백년 입맞춤이었다.

느티나무 오백년 그늘이 만들어낸 사랑의 역사.

*

오로라의 말은 곧 시가 되었다.

그가 무심코 건넨 한 마디 말조차도 꽃향기가 실리면서 내밀한 언어의 직조 끝에 한 편의 시로 나타났다. 그것은 영원과의 오랜 입맞춤의 시작이다.

*

우연찮게도 글을 쓰기 시작한 것이 1969년 가을 들 무렵이었다. 그 후 나는 글과 늘 동행하였고, 한시도 시를 잊은 적이 없었다. 혼연일체였고, 나의 글쓰기는 전천후였다. 어떠한 곳에서도 붓을 들었고, 늘 새로운 것을 찾아 헤매었다.

시조의 매력에 빠져 무수한 작품을 썼고, 다수의 책을 묶었다. 사랑 시편을 적지 않게 썼다. 내가 노래한 사랑 시편은 모두 리얼리티의 소산이다. 나는 구체성 없이 노래하지 않았다. 나의 열정에 불을 지핀 어여쁜 이를 저런 마음으로 기억한다. 뇌리에 영원히 각인 되어 있어 내 글쓰기의 추동력이자 상상력의 근원이다.

*

그동안 왜 하필이면 시조인가 하고 묻는 이들이 많았다. 그럴 때마다 한번 써보라고 권했다. 써봄으로써 시조의 가치를 알게 되기 때문이다. 시조는 우리의 DNA와 다름없다. 조선의 핏속을 면면히 흐르는 숨결과 정서와 가락이다.

불가분의 관계.
정신의 위의를 담기에 가장 적합한 노래의 건반.

모름지기 이 땅에 태어나 우리말과 글을 깨친 이들이 시조를 모른다거나 한 번도 써 본 일이 없다면 이는 명백히 직무유기일 것이다.

*

최근에 시를 쓰면서 발견했다. 내 작품은 각각 다른 두 개의 코드로 창작되고 있다는 사실이다. 한참 쓰고 나면 그것은 일반시조와 동시조로 가려지게 된다는 점이다. 쓸 때에는 "이것은 동시조다, 이것은 일반시조다."라고 의식하지 않는다. 쓴 작품을 퇴고할 때 살펴보면 그 경계가 또렷하게 나누어짐을 알게 된 것이다. 그러니까 내 속에는 두 개의 눈높이가 동시에 작동하여 창작이 이루어지고 있는 셈이다.

또 하나의 코드는 크게 나누어 서정성과 시대성이다. 주로 노래하는 대상은 서정성 짙은 작품이지만, 이따금 역사적이거나 당대의 문제를 직시하여 육화하는 일에 몰두한다. 자칫하면 시사성 짙은 작품은 시로서 실패하기 십상인데 그것을 극복하였는지 여부는 독자가 판단할 일이다.

속이 부글부글 끓거나 도저히 견디지 못할 때 시대 상황을 총체적으로 한 권의 시집 속에 담는 사례가 더러 있다. 그러나 그러한 작업은 숙성의 시간을 가지지 못할 때 문학적 성취를 담보하지 못한다. 시인은 모름지기 그 점을 예의 주시하고 경계해야 하리라.

무엇보다 중요한 것은 작품성이기 때문이다.

*

나는 유난히 네 잎 클로버와 친근하다.

20여 년 전 가야산 어느 산자락에서 무더기로 만난 일이 있다. 한 잎이 발견되면 그곳을 집중적으로 살펴보라. 더 많은 네 잎 클로버를 만날 수 있을 것이다. 다섯 잎, 여섯 잎, 일곱 잎, 여덟 잎, 아홉 잎까지 채집한 일이 있으니 나의 행운은 그야말로 차고 넘치는 셈이다. 그렇다고 다른 이와 달리 많은 행운이 찾아온 것은 아니다. 평범한 일상을 보내는 일 자체가 복이지 않는가.

최근에 신천 물길을 따라 걷다가 오랜만에 여덟 잎까지 만났다. 시와의 만남도 이와 비슷하다. 예기치 않은 때에 새로운 시를 만나게 된다. 다만 굳건한 의지가 있어야 한다. 열정적으로 찾아 헤매지 않는 이에게는 결코 나타나지 않기 때문이다.

*

나는 아직도 꿈을 꾸며 뜨겁게 기다리고 있다.
아주 오래 전 떠난 그가 곧 돌아오리라 굳게 믿고 있기 때문이다.

*

여기에서 저기로 가는 터널이 있어 이 터널의 존재를 너와 나만 안다.
이 터널로는 너와 나만 왕래할 수 있다.

새가 날아간다. 오른쪽 날개 왼쪽 날개 꼬리 날개 날개란 날개는 모두 펼
치고 최선을 다해 날아간다. 마당에 선 은행나무에서 소나무로 가는 거리에
도 새만큼 본능에 충실해 본 적이 있었을까.

열린 창으로 회색 바람이 들어온다. 바람에도 색깔이 있다는 걸 왜 이제야
알게 되었을까.

*

사람은 자기를 알아주는 사람을 위하여 산다.
그 사람 때문에 살아갈 힘을 얻는다.

*

일락일락 라일락.

곱다.
아름답다.
예쁘고 따뜻하다.
또 무엇으로 표현해야 할까.

나무와 꽃과 바람과 구름과 햇볕이 옹기종기 모여
풀어내는 유채색 비밀.

일락일락 라일락.

*

누군가와 이야기하고 있노라면 나를 구성하고 있는 물질 중 독이 희석되
고 거기에 나무와 꽃 새 노래 구름 돌 하늘 들길 웃음 사랑으로 재구성되고
있는 것을 느낀다.

금강송 솔향기도 나고, 뜨끈한 구들장에서 올라오는 열기도 보이고, 노릇
노릇 불긋불긋 물드는 마당에 풀냄새 번져오고, 솟구치는 분수며 흰 강아지
흰 이슬 구절초 수밀도 황토벽화 굴뚝 연기 달 별 사마귀 대접커피 그림자오
빠 구절초 꽃분홍기차 농암종택 쪽마루에서 본 하늘과 먼 구름……

                                    *

　감각의 더듬이를 버리고, 사랑의 마음을 가꾸기 위해 아침마다 편지를 쓴
다. 늘 이윽히 바라보는 이 있어 꼭두서니 빛 연서를 쓴다. 그럴 적마다 말의
묘미가 무궁무진한 것을 느낀다. 종생토록 좇지 못할 거대한 성채 혹은 견고
한 벽 앞에 때로 좌절할 때가 있지만, 그 좌절을 이기고 나면 늘 새로운 길이
열리곤 했다. 그것을 그도 알기에 나에게 가끔 모란꽃 미소를 지어 보인다.
　오, 참으로 아리땁고 미쁜 이, 또 한 송이의 불멸의 꿈의 시편이여.

                                    *

　멀리서 피아노 소리가 들린다.
　눈이 푸른 한 젊은 사내가 건반을 두들기고 있다. 연분홍 꽃잎들이 소리
위에 실려서 귓전으로 날아오는 듯하다. 이 땅위의 시간이 영원하지 않은 것
을 알기에 분초를 다투며 살고 싶다. 그리워할 힘이 있을 때 마음껏 그리워
하면서.

기운이 소진되면 아무것도 할 수 없다. 장흥 바다가 충분히 설명해 주지 않았던가. 더디 걸어갈 작정이다. 어느덧 이만큼 살지 않았는가. 살만큼 살지 않았는가. 그러나 아직 길은 멀다.

들을 바라보다가 먼 산 능선 쪽으로 곧장 눈길을 돌린다. 서늘하고도 은은한 기운이 가슴 깊숙이 스미어드는 듯하다.

다시 무딘 붓을 든다, 오백년 입맞춤을 향해.

코브라

*

1969년 가을.

문학 인생에서 중요한 기점이다. 그로부터 내 글쓰기가 시작되었기 때문이다. 무슨 운명처럼 다가온 그 가을 이후 나는 일평생 시앓이를 하고 있다. 중학교 3학년 때였으니 모든 것이 다 막막할 무렵이었다. 그때부터 나의 글쓰기는 뜨겁게 불이 붙었다. 그 불길을 여태 꺼뜨리지 않고 있다. 목숨을 건 일이었다.

고등학교에 진학한 후 3년 동안 나는 대학노트에 끊임없이 글을 썼다. 쓰지 않고는 배기지 못할 내적 요구 그 열망을 외면할 수 없었기 때문이다. 들끓는 마그마를 분출하지 않고서는 일거에 폭발해버려 내 몸이 산산조각이날 것만 같았다. 하여, 죽지 않기 위해 썼다. 세상 모든 문제를 다 끌어안고 고민을 거듭하던 시절이었다.

예이츠와 라이너 마리아 릴케, 버지니아 울프와 전혜린을 만났다. 그들의 고뇌를 얼마나 알아차리기나 했을까. 극심한 퇴폐주의에 빠져 허덕이던 나는 문학이, 시가 내 영혼을 구원하리라고 굳게 믿었다. 그렇지만 시 쓰기는 고통을 더하는 일이었다. 시로 말미암아 더 깊은 어둠 속으로, 나락으로 떨어져 내렸다. 마지막 호흡의 순간까지 다다랐다. 곧 눈앞이 종언, 죽음이었다.

*

한때 스무 살 이전에 내 인생의 막이 내려질 것이라고 생각했다. 잔존자가 되기 싫었다. 살아갈수록 허무함뿐이라고 단정했다. 그러므로 전혜린처럼 '이 모든 괴로움을 또 다시' 되풀이할 수는 없노라고 자탄을 거듭했다.

2020년 여름.
1969년으로부터 쉰 한 해가 지났다. 아직까지 나는 엄연히 살아 있다. 앞으로도 부단히 살아갈 것이다. 그동안 불같이 글을 썼고, 적잖은 책을 묶었다. 글은 내 몸의 일부가 아니라 곧 나 자신이었다. 불굴의 영혼이자 신성한 몸이었다.

*

나는 시를 생각할 때마다 시편과 아가서를 떠올린다. 말 못할 아름다움과 사랑의 결정체 앞에, 보고 앞에 숙연해진다. 소월과 목월, 김현승과 박인환을 기억한다. 특히 다형의 시가 좋다. 그 절절한 신앙고백을 사랑한다. 김종삼을 자주 그리워한다. 그는 신비의 시인이다. 고등학교 시절, 가지 않은 길의 로

버트 프로스트가 준 울림은 아직도 내 안에 쟁쟁하다.

처음 신앙생활을 시작할 때 톰슨성경을 겉장이 다 닳아 헤어지도록 읽은 적이 있다. 성경에 등장하는 인물들은 다양하다. 각양각색이다. 수많은 이적이 일어나고 있다. 어느 한 순간 그 모든 것을 송두리째 믿게 되었다. 그 이후 한 번도 의심하지 않았다. 더할 나위 없는 은총이다.

말씀은 언제나 상상력의 보고다. 온갖 생생한 비유는 어떤 시인도 범접할 수 없다. 특히 로마서의 문체를 생각할 때가 많다. 내가 쓰는 글은 애당초 말씀과는 비견되지 않는다. 천양지차라는 말로도 표현할 수 없다. 역동적으로 살아 움직이는 말씀 앞에 무릎을 꿇는다.

나는 '무익한 종'이라는 말을 자주 묵상한다. '긍휼'이라는 말 앞에 고꾸라진다. 이 땅의 모든 일은 긍휼 없이 이루어지지 않는다고 나는 굳게 믿고 있다. 그래서 '겸손'이라는 덕목을 가슴에 새기며 산다. 내 주여 내 발 붙드사 그곳에 서게 하소서, 라고 늘 간구한다. 소망의 항구, 소원의 나라에 이르기까지 '이 땅이 지나감의 형적'임을 잊지 않는다. 그러므로 이 땅에 발붙이고 사는 그 누구든지 모두 순례자인 것이다.

*

아버지를 생각한다. 그는 흐르는 구름처럼 사셨다. 현실적이지 않았다. 해방 전후의 사람들이 다 그렇듯이 많은 고초를 겪었다. 예순 몇 해의 삶은 신산이었다. 마지막 무렵, 곁에서 몇 년 동안 병으로 시달리던 모습을 지켜보던 나로서는 고통의 나날이었다. 나는 지금 아버지보다 더 많은 세월을 노저어가고 있다. 놀라운 일이다. 긍휼 없이 일어날 수 없는 기적이다.

학창 시절 나는 몇 가지 점에서 아버지처럼 살지 않겠다고 다짐했고, 그것을 실천하기 위해 무진 애를 썼다. 그러나 시 쓰기와 그 다짐은 배치되어 혼란을 자주 겪었다. 잘 이겨낸 것은 함께 사는 이의 도움이 컸다. 그 고마움을 어찌 말로 다 하랴. 신앙의 길을 걷게 된 것은 금상첨화의 일이었다. 시가 영혼을 구원하지 못한다는 사실을 예수 그리스도를 구주로 영접하면서 깨닫게 되었다. 회심 이후 나는 오로지 십자가만 우러러 볼 뿐이다.

얼마 전 펴낸 가사시집 『설미인곡』에 수록된 「천로역정가」는 신앙고백이다. 가감 없이 썼다.

*

예술은 미의 추구다. 시는 더 말할 것도 없다. 나는 아름다움 앞에 사족을 못 쓴다. 끝까지 바라본다. 그 존재가 내 앞에서 멀어질 때까지 눈을 떼지 못한다.

절경은 흔히 자연의 아름다움을 두고 말한다. 절경을 만나면 입을 벌리고 눈을 동그랗게 뜨고 그 경이로움 앞에 혼절할 듯하다. 그보다 더 아름다운 것은 역시 사람이다. 사람의 아름다움을 형용하는 말로 나는 '자태'를 즐겨 쓴다. 그래서 '뒤태'라는 말도 생긴 것이다. 자태가 참 곱구나, 라고 하면 모든 것이 일시에 해결된다. '자태'에는 그의 내면도 포함되어야 마땅하다.

아름다움을 좇으면서 열 권이 넘는 시조집을 펴냈다. 시는 미의 결정체다. 시를 통해 미를 체현하기 위해 수천 편의 시를 썼다. 그러다가보니 내가 쓴 시들은 거개가 사랑 시편이다. 사랑을 노래하기 위해 태어난 사람처럼. 이것은 내 체질이다. 체질에 가장 알맞은 길을 걸었던 것이다. '에워쌌으니'라는 어휘가 가장 치열하게 쓰인 곳이 시편 118편이다. 나는 오래 전 그 대목을 읽으면서 사랑 시편을 꿈꾸었다. 단시조 「에워쌌으니」가 생산된 배경이다.

*

사람은 환경의 지배를 받는다. 글 쓰는 이에게는 더욱 그렇다. 보고 듣는 것에서 감흥을 받아 글을 쓴다. 그래서 발품을 부지런히 팔아야 한다. 여행만큼 좋은 것이 없다. 그렇지만 기행 시편은 빛나기가 어렵다. 본 것을 오랫동안 묵혀두었다가 한참 경과한 이후 붓을 들어야 한다. 다녀와서 바로 옮기다보면 풍경을 그리는 데까지 머물고 만다. 풍경 속에 내면을, 감정을, 생각을, 꿈을, 상상을 혼융시켜야 한다. 그렇지 않으면 무미건조해진다. 두 번 읽고 싶지 않게 된다.

그러나 때로 풍경만 잘 그려도 드물게 오랜 여운을 안기는 아름다운 시가 되는 때가 있다.

*

무학산을 자주 오른다. 해가 지기 두어 시간 전이다. 늘 동행하는 벗이 있다. 십년 간 함께 살고 있는 음이다. 연갈색 푸들이다. 여자애다. 하루 중에 나와 가장 많은 이야기를 나눈다. 보듬어 안고 눈빛으로 대화할 때 그지없이 행복하다. 나이가 꽤 들었지만 아직도 굉장히 활동적이고 힘이 세다. 끈 잡고 따라 가다보면 힘껏 당길 때 육중한 내 몸이 쉽게 끌려간다. 이 애가 가장 좋아하는 것은 밥이나 간식이 아니다. 산책이다. '산'이라고만 말해도 펄쩍펄쩍 뛴다. 어서 나가자고 소리친다. 사흘을 굶어도 산책은 하루에 한번 이상 꼭 해야 한다. 비록 줄에 매였지만 산책은 그에게 날개를 다는 일이다. 집에서 가까운 무학산은 음이띠의 놀이터로 제격이다. 사람이 없을 때 풀어놓으면 천지사방으로 배회한다. 가끔 가다가 뒷발차기도 한다. 보얀 흙먼지를 일으키며 발차기를 하는 모습을 볼 때마다 사랑스럽기 이를 데 없다. 멀리 달려가다가도 내가 가지 않으면 다시 돌아서서 찾으러 온다. 동그랗게 뜬 두 눈이 아주 맑다. 어느 날은 높이가 650미터쯤 되는 용지봉을 함께 올라갔다 온 후 저녁 무렵부터 밤늦게까지 기절한 듯 누워 있는 것을 보았다. 체력이 완전히 소진된 것이다. 눈을 내리깔고 혼곤히 잠든 모습이 흡사 어린아이 같았다.

외출하고 돌아오면 현관 유리문에 두 발을 올리고 반긴다. 혼자 하루 종일 있어서 무척 외로웠다고 금방 발라당하면서 사랑을 호소한다. 꼭 보듬어 안아주면 행복에 겨워한다. 퇴직 이후 음이띠와 보내는 시간이 제일 기쁘다. 서로 사랑하고 있기 때문이다.

*

글을 쓰면서 많은 이들을 만났다. 동행이었다. 속 깊은 이야기를 나누는 동지도 다수 생겼다. 20년, 30년 변함없는 이들과의 교류는 그 자체로 기쁨이다. 공통의 관심사에 대해 의견을 주고받으며 사는 것은 한없이 복된 일이다. 우리 겨레의 유전자나 다름없는 시조 창작의 길에서 만난 이들은 소중하다. 하루도 안부를 모르면 궁금하다.

대학에서 글쓰기 수업을 10여 년간 하면서 우리나라 교육제도에 대해 생각해 보았다. 특히 입시제도는 많은 문제점을 안고 있다. 구조적으로 해결하기 어려운 난제다. 입시에 시달린 세월을 건너온 학생들은 강의 시간에 제시한 새로운 시 텍스트를 읽고 놀라워했다. 한 권의 시집을 읽는 동안 기쁨과 설렘을 느끼며, 치유를 경험했다고 말했다. 시의 힘이 세다는 것을 알아차린 것이다.

초·중·고등학교 때는 물론이고 대학에 들어와서도 일정 분량의 시를 찾아 읽는 일을 해야 한다. 팍팍한 삶에 시는 청량제이기 때문이다. 좋은 시는 상상력을 작동시켜서 삶에 활력을 안긴다. 꿈을 꾸게 한다. 모진 세상을 이기는 길은 시에 있다. 바쁠수록 시와 가까이 해야 한다. 가장 비현실적인 것이 가장 현실적일 수 있다. 그 사회가 시민사회가 되기 위해서는 문학을 읽어야 한다. 시와 동행해야 한다. 텔레비전의 숱한 프로그램들은 모두 시와는 거리가 먼 것들이다. 그 프로그램들이 우리 사회를 획일화시키고 어쩌면 하향 평준화시키고 있는지도 모른다.

*

쓰는 그 자체가 사는 것이다. 궁구의 끝은 알 수 없다. 그러므로 쓰고 또 쓰면서 천천히 행진할 것이다. 한 걸음 한 걸음 부단히 전진하는 자가 천재라고 누군가가 말했다. 그러나 문학에서 천재는 없다. 다만 나아가기를 주저하지 않는다면 그는 어떤 한 봉우리 근처에 마침내 이르게 될 것이다.

*

네가 끊임없이 나인 것을 나는 쉼 없이 숨 쉬면서 느낀다. 그것으로 족하다.

변심 · 변덕 · 변화

*

시인은 극히 사소한 것에서 우주를 읽는다. 나는 지금까지 그런 글을 쓰고자 더듬이를 벼려왔다. 하여 새로운 목소리의 발현, 천편천률을 끊임없이 꿈꾼다.

*

글복을 생각한다. 더불어 책복을 생각한다. 등단 이후 적잖은 책을 펴냈다. 스무 권이 넘는다. 놀라운 일이다. 이렇게 많은 책을 낼 줄 몰랐다. 끊임없이 글을 쓴 덕분이다. 둘러보면 세상에는 글감이 널려 있다. 얼마나 관심을 가지는가에 따라 다를 뿐이다.

복이라고 여긴다. 남들보다 더 많은 복을 누리고 있는 것이다. 고마운 일이다. 기쁜 일이다. 고통의 나날이 적지 않았지만 잘 헤쳐 왔다. 나 혼자만의 힘으로는 어림없는 일이다. 동반자의 기도와 염려와 성원에 힘입은 바가 크다.

생각하면 그지없이 눈물겨운 일이다.

*

전대미문이자 전무후무한 팬데믹으로 말미암아 잃어버린 일상이 아직도 회복의 기미가 없다. 초기에 내가 사는 대구가 막대한 혼란을 겪었다. 하지만 이후 잘 대처하여서 방역의 모범이 되었다. 대구 봉쇄라는 극단적인 이야기가 떠돌 무렵 참으로 기가 막혔지만, 의연히 이겨냈다. 우리에게는 그러한 힘이 있었다. 팬데믹이 극에 다다랐을 때 나는 『코브라』라는 시조집을 펴냈다. 코브라가 코로나를 삼켜 버렸으면 하는 마음으로.

코로나는 언젠가 물러날 것이다. 그러나 또 다른 일이 이 지구촌에 일어날 수 있다. 모든 것은 인간으로부터 기인한 것이다. 김종철의 지론처럼 시적 인간과 생태적 인간이 되지 않는 이상 재앙은 피할 길이 없을 것이다. 환경과 기후문제가 생각보다 훨씬 심각하여 지구가 위태롭다. 어떻게 살아가야 할 것인가?

고뇌를 거듭할 일이다.

*

나는 등단 이후 쓰는 자로 살아왔다. 쓰는 일이 즐거웠다. 언어로 내면과 사물과 세상을 직조하는 일이 항시 신비로웠기에 부단히 썼다. 그래서 좋은 작품을 만나면 세상에 널리 알리는 일에도 부지런을 떨었다. 「세상의 모든 시조」 즉 「세모시 운동」이 그렇고 요즘 대구일보에 연재 중인 「문향 만리 시조 해설」도 그렇다.

십여 년간 대학 강단에서 갓 입학한 학생들에게 시조의 가치를 전하는 일도 내 몫이었다. 좋은 텍스트를 아무리 많이 생산한들 읽지 않으면 무용하다. 젊은이들로 하여금 읽게 해야 한다. 그들이 시조의 가치를 깨닫도록 분위기를 만들어 주어야 한다. 전파하지 않으면 누가 들을 것인가. 생산한 것을 독자의 눈앞에 닿도록 하는 일에 힘써야 한다.

시조 쓰기가 우리끼리의 리그전이 되어서는 아니 된다. 우리끼리 돌려 보고 좋다, 좋다 하고 말 일이 아니다. 더 빛나는 작품을 창작하여 널리 읽힐 수 있도록 정책적인 노력도 필요할 것이다.

*

나는 이즈음 실존적 삶에 대해 고민하고 있다. 사람은 대체 무엇으로 사는가? 우리는 어디서 왔는가? 종착지는 어디인가? 물론 이 물음에 대한 답은 성경에 있다. 믿는가, 믿지 않는가의 차이일 뿐이다. 팬데믹을 겪으면서 믿는다고 하는 이들의 석연치 않은 움직임을 보면서 회의가 들었다. 그들 속에 예수 그리스도는 보이지 않았다. 정치적인 언행, 악한 선동의 몸짓만 보였다. 광란의 도가니였다.

얼마 전 책 읽고 생각하기를 즐기는 한 사람을 만났다. 그는 요즘 하루에 한 시간 이상 동네 카페에서 성경을 정독하고 있다고 말했다. 그는 신자가 아니다. 절에 자주 다니는 것으로 알고 있다. 그런데 어떻게 성경을 읽게 되었을까? 지인으로부터 선물로 받고 별 관심을 가지지 않다가 어느 날부터 갑자기 읽기 시작했다고 한다. 그런데 창세기 첫 문장 "태초에 하나님이 천지를 창조하시니라"부터 압도되어 버렸다고 한다. 사실 첫 문장이 아니라 "태초에"라는 첫 낱말에 그만 정신을 잃고 말았다고 한다. 그 후로 돋보기를 끼고 열 번 넘게 정독을 거듭하면서 무궁무진한 역사적 사건에 대해 연신 놀라워하고 있는 중이라고 말했다. 수많은 등장인물의 말과 행적에 대해서도 훤히 꿰뚫고 있었다. 성경은 최고의 베스트셀러이자 생명책이다. 그와의 대화는 거기서 그쳤지만 함께 성경 읽고 의견 나누기를 하자는 제안을 받았다. 그런 시간을 가지는 일이 기대된다.

하루가 금방 지나가 버린다. 밥 먹고 책 보고 강의 다녀오고 글 몇 줄 쓰다가 보면 날이 저문다. 물론 틈틈이 벗을 만나고 운동을 한다. 상대가 있는 탁구 경기는 특히 흥미진진하다. 작은 공 하나가 네트를 사이에 두고 벼락같이 왔다 갔다 하는 일이 재미있다. 공격에 성공해도 웃고, 실패해도 웃는다. 탁구는 웃음을 안겨주는 운동 종목이다. 비가 오나 눈이 오나 즐길 수 있다. 무수한 되풀이가 이어지는 경기 즉 반복훈련이라는 점에서 시 쓰기와 다를 바 없다. 탁구 경기를 하다가 잠시 나는 누구인가? 나는 무엇을 바라고 사는가? 함께 모여 운동하는 이들의 내면에는 어떤 생각이 들어 있는가? 그런 생각을 할 때가 있다. 예순 해 넘게 살아가고 있는 나 자신의 존재를 남몰래 들여다보는 것이다.

내가 정말 이 자리에 있기나 있는 것일까? 무수히 되묻곤 한다. 그래, 나는 지금도 숨 쉬고 있는 것이다. 사랑의 삶을 살고 있는 것이다. 그런 확신이 들면 생각을 곧 멈춘다.

*

그동안 휴먼명조를 즐겨 쓰다가 신명조로 바꾸었다.
별안간 신명조가 더 정이 들었기 때문이다.

변심일까?
변덕일까?
변화일까?

*

피아노독주회에 갔다.

1974년 신희원독주회 이후 처음이다. 얼마 전 황휘 피아니스트가 범어성
당 드망즈홀에서 연주회를 열었다. 평소에도 피아노 음악을 즐겨 듣는데 함
께 운동을 하는 이의 피아노 독주회는 뜻밖이었다. 탁구 경기를 할 때는 그
저 평범한 이로 보였다. 하지만 무대에 오르자 한 시간 반 동안 휘몰아쳤다.
내가 자주 듣는 템페스트를 연주할 때 일어나서 춤을 추고 싶었다. 녹턴으로
끝을 맺었는데 모처럼 황홀하다는 생각을 했다.

그의 흰 손을 보았다. 그리 크지 않은 두 손이 신비스럽게 보였다. 온몸으
로, 삶 전체로 글을 써야 울림을 준다. 피아노 연주도 마찬가지였다. 온몸으
로, 온 영혼으로 건반을 두드렸다. 어둠 속이었지만 연주하는 동안 부신 빛
이 무대에 출렁거렸다.

참으로 행복한 밤이었다.

*

    정확하게 적자. 2018년 12월 31일은 그해 마지막 날이다. 새 통장을 개설했다. 지인들의 강력한 요청으로. 정음시조문학상 운영위원회가 출발하게 된 기점이기도 하다. 지면에서 분명하게 기록할 것은 3회[1]까지 시행된 정음시조문학상이 태동될 수 있었던 것은 전적으로 최영효 시인 덕분이다. 그의 강력한 의지가 없었다면 불가능한 일이다. 새로운 상이 필요하다는 논의가 오랫동안 진행 되다가 차별화된 시조문학상을 제정하게 된 것이다. 문학평론가 유성호 교수의 자문이 큰 도움이 되었고, 두 권의 『정음시조』를 제작해 준 작가 출판사 손정순 대표의 배려도 컸다. 함께 마음을 모아준 이들의 성원 또한 고맙기 이를 데 없었다. 정음시조문학상은 문단에 커다란 파장을 일으키며 우리가 예상했던 것보다 더 무성하고도 뜨거운 이슈와 반향을 일으키면서 안착 중이다.

    5회, 10회, 20회를 넘어 대대손손 이어갈 문학상으로 뿌리를 내릴 것이다.

*

    이 땅의 어린이들이 읽을 책을 생각한다. 좋은 읽을거리 중에 동시조를 빼놓을 수 없다. 동시조 쓰기는 어렵다. 시조가 상당히 까탈스러운 문학의 한 갈래인데 그 틀에 동심을 담는 일은 더욱 까탈스러울 수밖에 없기 때문이다.

---

1   제1회 수상자 김양희, 제2회 임채성, 제3회 김진숙.

'까탈스럽다'는 '성미나 취향 따위가 원만하지 않고 별스러워 맞춰 주기에 어려운 데가 있다'라는 의미로 쓰인다. 국립국어원이 2017년 1월부터 표준 말로 확정지은 낱말이다.

시조시인이 쓰는 동시조의 첫 독자는 시인 자신이다. 쓰고 싶어서 썼고 씀으로써 흡족했을 것이다. 그런데 앞머리에 '동'자가 붙어 있기 때문에 시인 혼자 즐기는 선에서 그칠 수 없다는 대전제가 따른다. 어린 독자를 염두에 두어야 마땅하기 때문이다. 그러려면 요즘 어린이의 생각과 생활, 좋아하는 놀이와 고민거리 등을 주도면밀하게 살피는 공부가 필요하다. 어린이의 눈높이를 도외시하고서는 자칫 자신의 어린 시절 회고나 추억담에 그칠 공산이 크다.

자라면서 좋은 동시조를 많이 읽고 암송한 아이는 심미안이 저절로 길러지게 되고 정서적 안정과 언어감각을 체화할 수 있다. 또한 세계관에 변화를 가져오고, 타자에 대한 감수성이 달라진다. 이처럼 문학을 읽는다는 것, 좋은 동시조를 많이 향유한다는 것은 의미를 찾는 아이의 행동을 촉진시키는 일이다.

2000년 봄 첫 동시조집 『어쩌면 저기 저 나무에만 둥지를 틀었을까』를 우광훈 소설가의 해설로 만인사에서 펴냈다. 박진형 시인의 도움이 컸다. 그 덕분에 2002년 초등학교 국어 읽기 교과서[2]에 「친구야, 눈빛만 봐도」가 처음으로 수록되었다. 그 뒤 2011년《푸른책들》신형건 대표의 배려로 『어쩌면 저기 저 나무에만 둥지를 틀었을까』증보판을 펴냈다. 일신한 책이었다. 지금까지 7쇄를 찍었다. 2018년 8월에는 퇴직 기념으로 또 한 권의 동시조집 『일락일락 라일락』을 출간했다.

시조시인은 동시조 쓰기로 좋은 읽을거리를 어린이들에게 제공해야 한

---

2 그 후 「혀 밑에 도끼」, 「공을 차다가」도 수록됨.

다. 그것은 진실로 기쁜 책무일 터다.

*

나는 복이 많은 사람이다. 강단에 서서 책읽기와 글쓰기에 대해 젊은이들과 함께 토론한다. 예순 일곱이라는 나이를 잊는 시간이다. 나는 가르치려고 들지 않는다. 솔직히 말하자. 나는 그들로부터 배운다. 그들의 진솔하면서도 활달한 의견 개진을 통해 깨닫는 것이 많다. 과제를 제출 받아 읽으면서 그들의 속마음을 읽고, 창의적인 시각과 개성적인 문체를 읽으면서 탄복할 때가 있다. 어쩌면 그들은 나보다 수준 높은 사유를 하고 있는지도 모른다. 특히 타고난 듯한 문장 전개를 하는 학생을 보면 붙들어 앉혀놓고 진득하게 함께 공부하고 싶다는 생각이 간절하다. 그들은 자신이 가진 재능을 잘 모른다.

글을 쓰게 하고 싶지만 스무 살 청춘에게는 다른 일들이 산적해 있기에 그럴 수도 없는 일이다. 널리 인간을 이롭게 한다는 홍익인간 정신이 대학 캠퍼스를 들끓게 했으면 하는 바람이 크다.

나는 복이 많아서 늘그막에도 젊은이들과 강의실을 달군다. 때가 되면 곧 마무리 지을 테지만 그때까지 열정을 불태울 수 있어서 좋다. 한 인생은 유한할지라도 글은 영원하다. 영원을 꿈꾸는 이들은 늙지 않을 것이다.

*

극광의 왈츠, 극광의 왈츠라고 몇 번이고 말해본다.

오래 전 「모자이크에 관한 연상」[3]에서 "낱낱이 뜯기어야 비로소 호흡을 하는 저 황홀한 아름다움이 가닿을 아득한 나라 꿈같은 극광의 왈츠 사윌 줄을 모른다."라고 읊었다. 1994년의 일이다.

2011년 북유럽에 가서 오로라를 만나지는 못했다.

오로라

극광의 왈츠

이제부터 다시 시작이다.

---

3 시조집 『불의 흔적』 수록.

제2부

내 란 의

짐 승 떼

당신

*

세상 모든 존재가 내게는 당신이다. 당신이라는 이름으로 늘 내 안에 있다.

*

당신의 모든 것을 말해보려고 한다. 다 말하지 못할지라도 다 말하려고 한다. 그 끝이 어디인지 나는 모른다. 나는 마냥 말하고 말할 따름이다.

어둠이 항시 바짝 뒤좇고 있지만 두렵지 않다.

*

이 덧없음의 길에 빛 부신 은총으로 입술에 재갈을 물리고, 머리맡에 숯불을 올려준 이가 있다.

태초로부터 영원까지 늘 그렇게.

자화상

나의 자화상은 아래 시편이 모든 것을 증명한다. 그림은 물론 내가 그린 것이 아니다. 가까이 지내고 있는 방복희 화백의 그림이다. 몇 해 전에 회갑 기념 출판기념회를 앞두고 그린 것이다.

우리는 가끔 철저하게 너와 나를 구분 짓고자 하는데 「너의 초상」은 그런 차원을 넘어선 노래다. 너와 나, 나와 너의 분별이 없는 하나 됨 속에서 이루어지는 모진 사랑의 과정을 육화했다.

내 속에는 수천수만의 짐승 떼가 산다
내홍을 견디다 못해 마침내 불붙은 산

등짝에
불화살 맞은
내란의
짐승 떼가 산다

나는 도적이다, 그리움으로 채워진 궤짝을 훔친
나는 도적이다, 그 궤짝 등에 짊어지고

천년의
분화구에 뛰어든
슬픈 도적이다, 나는

아아, 이리도 가슴을 후려치는 북채가 있어
마침내 둥기둥 울리는 봄날의 북이 되었구나

꽃처럼
찢어지곤 하는
애련의 북이 되었구나

– 「너의 초상」 전문

방복희 화백의 그림에서 그러한 나의 내면이 얼마만큼 형상화되어 있음을 감지한다. 예사로운 화가가 아니기 때문이다. "나는 도적이다, 그리움으로 채워진 궤짝을 훔친 나는 도적이다, 그 궤짝 등에 짊어지고 천년의 분화구에 뛰어든 슬픈 도적"으로 여태 나는 살아가고 있다. 앞으로도 그렇게 불멸을 꿈꾸며 노래할 것이다.

저 꽃을 어찌하랴

꽃잎 흩날리는 길을 간다. 향기로운 꽃잎들이 바람에 이리저리 쏠리면서 미쁘기도 해라. 간혹 몇 잎이 내 머리 위로 떨어지기도 하는 봄, 길을 간다.

연붉은 비단으로 온통 휘감긴 듯한 먼 산등성이, 혼자 바라보기엔 속이 탄다. 저 꽃무더기 저 꽃무더기를 어찌하랴. 저 꽃무더기 혼자 두고 어찌 바라보랴. 연신 되뇌며 넋을 놓는다. 참말이지 오래도록 시간이 멈췄으면 좋겠다는 생각마저 든다. 냉천 지나 청도 가는 길목 길게 휜 산 아래 길을 지나며 받아 안는 느낌이다.

한두 해 가고 오는 봄이 아니건만 꽃이 한창일 때 이 길을 지나노라면 속에서 미친 불길이 이글거리며 치솟는 듯하다. 어쩌면 이렇듯 강렬한 느낌에 휩싸이는 것일까. 한두 그루 피어 있는 것이 아니라 그것이 군락을 지어 산등성이를 온통 뒤덮으며 불타오를 때 독창이 아니라 중창단, 합창단의 하모니를 보는 듯해서 그런 느낌이 불현듯 드는 것일까.

누군들 맞닥뜨리면 그 속에 파묻혀 함께 타오르지 않으랴. 완전연소를 향한 격정의 달음박질, 그 꽃불이 되지 아니하랴. 때마침 글 쓰는 일의 아득함에 대해 적어둔 몇 구절이 생각난다. 저 꽃 덤불 바라보니 뭉클하니 떠오른다.

한 줄을 남기기 위해 열 줄을 버린다. 애오라지 한사람을 위해 이 세상 모든 사람을 잊는다. 단 몇 마디를 남기기 위해 광주리 가득 쌓인 원고뭉치를 아궁이에 집어넣는다. 어쩜 아무 것도 남기지 않기 위해 그 모든 것을 다 버린다. 그리고 그 자신마저도 버린다. 태워버린다. 마침내 사위어간 영혼, 그 흔적 없음.

꽃잎 흩날리며 가고 있는 봄. 참으로 꽃잎을 짓이겨서 몇 잔 즙을 빚어 마시지 않고는 그냥 못 보낼 것만 같은 사월이다. 그리고 아직도 남은 봄, 오월은 저만치 오고 있다.

돌아보면 그 얼마나 아픈 기억이 많은 봄길이랴. 누군들 격정의 봄 한철을 일 없는 듯 보낼 수 있으랴. 혼신의 힘을 쏟아 부어 무엇인가 해야 할 때임을 저 꽃무더기를 바라보며 가슴 터질 듯이 떠올리노니.

타지마할

나는 "사랑의 성지 타지마할"을 생각한다.

야무나 강이 굽이쳐 흘러가는 강가 수십만 평의 대지 위에 세운 타지마할. 인도 무굴제국의 황제 샤자한이 아이를 낳다 죽은 사랑하는 아내를 위해 제국의 국력을 총동원해 세계만방에서 진귀한 대리석을 사다가 지어주었다는 세상에서 가장 아름다운 묘의 이름이다. 소요된 세월이 자그마치 22년, 묘가 아니라 궁전이라고 말해야 옳을 듯싶다.

오랜 기간 동안의 무리한 대공사로 무굴제국의 국운은 끝내 흔들리게 되었고 결국 샤자한은 자기 아들의 반란군에 체포된다. 황제가 아들에게 애원했던 마지막 소원은 타지마할이 보이는 곳에 자기를 가두어 달라는 것이었다고 한다.

샤자한은 죽은 뒤 아들의 호의로 타지마할 지하에 있는 그의 아내 옆에 묻히게 된다. 마침내 꿈에도 그리던 아내와 나란히 잠든 샤자한은 죽어서도 얼마나 행복했으랴.

드넓은 정원에 만들어 놓은 인공 호수에 비쳐 아름답기 이를 데 없는 타지마할. 학창시절 세계사를 배운 모든 이들의 눈에 익어 있는 이름이지만 그

얽힌 이야기를 자세히 살펴보면서 타지마할의 아름다움과 신비스러움이 마음 속 깊숙이 아로새겨짐을 느낀다.

권력의 최정상인 황제의 지위를 가진 이가 애오라지 한 사람을 위해 이렇듯 눈물겨운 사랑을 쏟을 수 있었다는 것은 쉬운 일이 아니다. 더구나 죽은 뒤에도 애절하게 그리워하며 20년 넘는 세월을 타지마할을 세우는데 온 정열을 다 바쳤다 하니 이 어찌 사랑의 극치가 아니고 그 무엇이겠는가.

샤자한에게 그의 아내는 세상에서 둘도 없는 구원의 여인이었던 셈이다. 뭄타즈, 그는 일찍 죽음으로써 더욱 행복한 여인이 되지 않았을까?

당신은 언제 한번쯤 이렇듯 애틋한 사랑의 길에 들어서 본 적이 있는가. 장구한 세월을 거슬러 올라가 사랑의 성지, 타지마할에 얽힌 이야기를 되짚어 보면서 당신이 엮어온 비밀한 역사를 한번 일별해 보는 것도 좋으리라.

불멸의 연인

"불멸의 연인"을 보았다. 베토벤 탄생 2백25주년을 기념하기 위해 제작된 영화 『불멸의 연인』. 베토벤의 격렬하면서도 아름다운 음악과 연인에 대한 열정을 밀도 높게 그리고 있다.

베토벤은 일생을 두고 세 여인을 사랑했다. 줄리아 갈렌버그, 안나 마리, 그리고 조안나. 그런데 죽기 전 써 둔 유언장엔 모든 것을 "영원한 연인" 앞으로 남긴다고 했다. 영원한 연인, 불멸의 연인은 대체 누구란 말일까.

베토벤과 사랑에 빠져 함께 사랑의 도피를 꿈꾸었던, 그러나 폭풍우 속에서 마차가 고장 나는 바람에 약속된 시간에 도착하지 못한 끝에 종내 영원한 비극으로 끝나버리는 "불멸의 연인"은?

같은 나라의 시인 라이너 마리아 릴케에게는 루 살로메가 있었다. 열네 살이나 연상인 여류 문필가 루 살로메. 그를 만난 릴케는 훗날 『그대의 축제에』라는 루 살로메를 향한 사랑의 고백을 담은 시집을 낸다. 불꽃과도 같은 신비주의적인 언어로 표현해낸 한 권의 시집을.

우리의 시인 소월의 시 전편을 꿰뚫고 흐르는 정한의 세계, 그 수면 아래엔 역시 영변의 약산 진달래꽃 사뿐히 즈려 밟고 간 여인의 진다홍 그림자가 일렁이고 있어 그 애절함을 더하지 아니 하던가.

예술가의 가슴에 제각기 하나씩의 분화구가 있다고 가정해 볼 때 그 분화구에 불길이 치솟을 수 있도록 불씨를 던져 넣는 일은 온전히 연인의 몫이 아닐까 생각된다. 이글거리는 불길이 끊임없이 치솟는 활화산, 그 활화산이 마침내 빚은 예술의 높은 봉우리.

이렇듯 꺼질 줄 모르는 불을 지핀 연인들. 실로 그들이 있었기에 불후의 명작이 빛을 보게 되지 않았을까.

혹 당신이 스스로 생각하기에 뛰어난 예술가라면 내면 깊숙이 물어보라. 당신의 안에 은밀히 자리 잡고 있는 불멸의 연인은 과연 누구일까 하고. 불타오르는 영감의 발원지가 대체 어디인가 하고.

그럴 수 없는 사람

　사람들은 늘 복잡한 관계망 속에서 살아간다. 사회의 구성원으로서 얽히고설킨 채로 서로 도우고 때로 부딪치기도 하면서 하루하루의 삶을 영위하고 있다. 최근 어느 언론사에서 직장인들에게 이번 휴가철에는 어디로 가겠는가 하고 설문을 하니 많은 이들이 조용히 혼자서 쉬고 싶다는 답을 했다고 한다. 삶이 몹시 고달프고 항상 피로가 누적된 까닭이리라.

　너나 할 것 없이 대다수가 급박하게 돌아가는 시간의 수레바퀴에 치여 힘들어 한다. 쫓기는 삶의 끝 간 데는 과연 어디일까? 죽음? 영면? 꼭 그렇지는 않을 것이다. 우리 사회가 복잡다단해지면서 피할 수 없는 압박감에 의해 스스로 목숨을 끊는 일이 다반사같이 일어나지만, 인생의 터전은 여전히 웃으며 살만한 가치가 있는 곳이다.

　나는 크게 부르짖고 싶다. 서로가 서로에게 "그럴 수 없는 사람"이 되자고. 가족은 물론이고 가까이 늘 만나는 이들에게 나 자신이 더 이상 "그럴 수 없는 사람"이 되었으면 참 좋겠다. "그럴 수 없는 사람"은 더 바랄 것이 없을 정도로 넉넉히 배려하고 품격을 갖춘 사람이다. '저 친구 때문에 내 인생이 힘들다. 저 사람이 내 길을 가로 막고 있다. 왜 저 친구가 갑자기 나타나서 나를 못살게 구는 것일까.'라는 속 좁은 생각을 우리 안에서 깨끗이 걷어낼 수는 없을까.

가족이나 이웃 혹은 친구를 탓할 것이 아니라 다소 불편하게 하더라도 때로 아주 어려운 상황을 만들더라도 이렇게 생각을 고쳐먹으면 어떨까. '저 사람들이 있기에 내가 존재하는 것이다. 눈여겨보면 저들에게도 좋은 점이 있고, 내게 그럴 때에는 그만한 까닭이 있지 않을까. 오히려 내 안에서 어떤 문제점이나 잘못을 먼저 찾아보는 것이 좋지 않을까.'하고.

우리는 이 땅에 태어나서 나그네 인생을 살아가고 있다. 구약성경 창세기에 보면 이스라엘이라고 불리었던 야곱이 바로 왕 앞에서 "네 연세가 얼마이뇨?"라는 말을 듣고 "내 나그네 길의 세월이 일백삼십 년이요, 나의 연세가 얼마 못되니 우리 조상의 나그네 길의 세월에 미치지 못하나 험악한 세월을 보내었나이다."라고 대답한다. 야곱의 답변 중에 특히 눈길이 가는 구절은 "험악한 세월"이다.

오늘을 살아가는 사람들은 지위고하와 빈부격차를 막론하고 '험악한 세월'을 살아가고 있다. 한 사람도 예외가 있을 수가 없다. 현실이라는 침을 수도 없이 맞으면서도 용케 잘 견디고 지혜롭게 대처해 나가는 이는 여전히 땅 위의 사람으로 굳건히 서 있다. 그러나 그것을 잘 이겨내지 못하는 이들은 삶이라는 수레 위에서 내릴 수밖에 없다.

어떤 사건이 터졌을 때 천하보다 귀한 목숨을 스스로 끊는 일이 비일비재한 세상이다. 모진 치욕을 겪더라도 끝까지 살아남아서 그 문제를 해결할 길은 진정 없는 것일까. 당사자가 아니고서는 쉬이 말할 수 없는 일일지도 모른다. 한 개인의 힘으로는 도저히 버티지 못할 우리 사회의 구조적인 병폐가 엄존하겠지만, 서로가 서로에게 "그럴 수 없는 사람"으로 사회 분위기가 천천히 조성되어 간다면 차츰 달라지지 않을까 조심스럽게 기대해 본다.

모두가 서로에게 더없이 "그럴 수 없는 사람"으로 어깨를 나란히 할 때 험악한 세월도 더불어 잘 헤쳐 나가리라 믿는다.

불의 흔적

광란과 적연 오오 시인이여. 광란인가 적연인가.

모든 사물 그 속에는 불이 잠재한다. 온갖 물상 안에 내재하는 불이야말로 인간의 역사를 비롯되게 한 것인지도 모른다.

나의 시는 속에서 들끓어 오르는 불길이 내 정신을 사르고 남은 뒤의 결정이다. 역사와 닿을 길 없는 피안을 향한 정좌, 더없이 미쁜 이 땅의 산천과 사람들, 말 못할 사무침이 늘 내 안에서 불타고 있다. 이 다함없는 불길, 무슨 물 무슨 모래로 다 가라앉힐 것인가.

화인 찍듯, 아아 가슴에 화인 찍듯 불의 흔적을 남기는 일.

*

젖은 물수건을 앞에 두고, 이따금 마른 손을 닦는다. 크고 작은 돌들을 호주머니에 넣고 다니며 만지작거린다. 그러고는 때로 기인 모래톱과 꿈틀거리는 바다, 뙤약볕이 내리쬐는 냇바닥을 머릿속에 그려본다. 이미 수몰된 단양 땅 어느 마을을, 그 마을의 먼지 푸석거리던 아스팔트길을 떠올리며 불현듯 가슴 뭉클해온다. 어찌 단양 땅인가.

그리움이 내게 밀어닥친 것이다. 못 견딜 그리움, 몹쓸 그리움이다. 그러나 내 삶을 지켜온, 지탱케 해온 눈부신 힘! 단양 땅의 집채만 한 수석과 바람, 감나무 가지, 기와지붕과 대청마루, 비뚜름한 전봇대, 낡은 간판의 허술한 찻집.

이 모든 것들은 실은 내 그리움의 다른 이름인 것을, 그 외연인 것을.

*

불같은 그리움, 말로 이를 수 없는!

별사

봄꽃이 왜 붉으랴. 시월상달 외설악 단풍이 어쩜 그리도 붉던가. 말에 갇혀 정작 말로 나타낼 수 없었던 그 무엇은 있어 사람살이에 묘함을 더할 때가 적지 않다. 속에서 들끓는 활화산과 흡사한 사람의 가슴, 그 가슴속에서 풀리어 나오는 말로는 도저히 다할 수 없는 은빛 금빛 돌들의 부딪힘. 돌들의 소곤거림, 바람의 사연들! 아, 말로 다 되는 일이라면 이토록 애태움이 크랴. 이토록 가슴 저밈, 아픔, 괴로움이 만근 바위 무게로 놓이랴. 한때 몹시도, 몹시도 깊은 사랑의 길을 걸어 들어가 본 일이 있는 이라면, 그 사랑의 깊이 모를 구렁에 빠져본 일이 있는 이라면 가슴으로 느끼리라. 봄이면 꽃이 저리도 붉디붉은 연유를, 가을 외설악 단풍이 아무래도 불길일 수밖에 없는 까닭을!

봄날에 떠나고 싶다. 불탄 자리에 푸른 싹 돋는 봄날에 이 세상을 뜨고 싶다. 천지에 환한 봄일 적에 정들어 눈물 나는 곳과 작별하고 싶다. 진정 그럴까. 눈 녹아 흐르는 봄날, 얼음장이 엷어지며 물소리 조금씩 드높아지는 봄날, 종달새 높이 오르며 생명의 솟구침을 한껏 우짖는 봄날, 모든 죽어 있던 것, 잠자는 것들의 자리 무채색의 풍경들에 연둣빛 물이 번지는 때, 그렇듯 설레는 날에 이 좋은 곳을 떠나다니! 아, 그러나 한번은 주어지고야 마는 일이기에 소생의 봄날에 떠나고 싶은 것이다.

눈물 한 방울 흘리지 않고 먼 산이나 하염없이 하염없이 바라볼 이 있어 그 날에 나는 떠나리라. 마침내 말없을 그, 영영 말 잃을 그가 있기에 찬란한 슬픔의 봄날, 마지막 숨을 붉은 꽃 속에 내뿜고 떠나고 싶은 것이다.

뉘라서 기억이나 하랴. 한 사람의 잠적을, 한 사람의 자취 없는 산화의 때를! 꽃이며 새들이 한창 잔치 자리를 꾸밀 때 세상 사람들의 눈빛이 거기로 모여 빛날 때 아, 한 사람의 소멸은 더 없이 은밀하지 않으랴.

애오라지 그에게만 수신될 나의 마지막 때를 위해 나는 무시로 별리의 노래를 읊나니.

눈빛으로 천년

천년은 길이가 아니라 깊이며, 더 없는 무거움인 것을! 신라 천년을 말함도 아니요, 그것을 말하지 않음도 아닌 것을. 또다시 천년. 영원, 또다시 영원! 천년을 마주 앉을 수 있다면 말이 없어도 좋으리라. 눈빛으로 오직 눈빛으로 천년을 다 사를 수 있을지니.

사랑의 극치리라. 눈빛으로 천년을 지낼 수만 있다면!

끝 간 데 모를 나의 사랑, 나의 노래, 흰 뼈만 남아 끝내 그 뼈 찧고 빻아 온 누리 온 세상에 흩뿌려진다 해도 영원하리라, 천년의 사랑!

금빛 화살

가슴 중심에 박힌 채로 그 뉘가 울음으로 날고 있다고 했던가. 그것은 그 대로 박힌 채로 울고 있지 않던가.

천년에 천년을 더한 울음을 울지라도 그칠 것 같지 않은 울음의 비상, 울음의 금빛 못 박힘이 아니었던가.

자목련 산비탈

봄날의 남산 기슭. 경주 남산 기슭 자목련 산비탈.

내 속의, 당신 속의 모든 피를 뽑아 낱낱의 꽃잎들을 빚은 것일까. 산비탈
자목련은 당신과 다른 모습이 아니었다. 그 수천수만 꽃송이들은 내 영혼의
빛깔이기도 했다. 그리운 이의 영혼의 불길이기도 했다.

신라 천년을 그렇게 꽃피웠던 자목련, 자목련 산비탈. 그 산비탈 꽃그늘에
앉아 저문 날을 울음 울고 싶었다. 그 울음이 내를 이룰 때, 그 수천수만 꽃송
이들은 남김없이 떨어져 붉디붉게 흐르리라.

천년을 거슬러 올라
마침내 신라의 하늘에 떠다니며 다시금 울음 울지니.

긴 별리의 나날

영혼의 물 밑바닥까지 내려가서 나는 올려다보았다. 그가 보였다. 그의 눈빛이 나를 내려다보고 있었다.

나는 온 힘을 다해 그를 향해 다시 솟구쳐 올랐다. 그는 내 손을 잡아 주었다. 함께 잔을 들었다.

우리는 잔속의 술을 남김없이 마셨다.

영원이라고도 불러도 되리라, 함께 마신 그 술의 이름을.
동행이었다. 묵약이었다. 그 봄날 이후…….

첫눈

이쪽 몰래 저쪽일까
저쪽 몰래 이쪽일까

첫눈 마주치던 날을 나는 잊지 못한다. 그 눈부신 봄날을 언제까지나 기억하고 있을 것이다. 누가 먼저였는지 알 길은 없다. 그것은 그리 중요한 일은 아니다.

다만 지금 확실한 것은 마음먹은 대로 할 수 있는 현실이 아니라는 것이었다. 그것이 슬펐다. 그것이 괴로웠다. 그것이 잠을 이루지 못하게 하였다.

높다란 장벽은 더욱 높아가고만 있었다.

애틋한 것을

날마다 애틋했다.
그래서 「애틋한 것을」에 대해 썼다.

마음대로 만날 수 없는 거리, 그것은 천만리 머나먼 길이었다. 세상에서
제일 뼈에 저린 일이었다. 그보다 더 힘든 일은 없었다.

어디 '뒷모습, 아침 이슬, 저 하늘의 무지개' 뿐이었던가. 아무렇게나 스쳐지
나가는 바람으로부터 느끼는 것은 무애와 무한량의 자유, 바로 그것이었다.

그렇듯
경계가 없는 바람의 실존은 내 가슴을 더욱 저미어 들게 했다.

그립다로 집을 지어

그립다, 그립다, 그립다 외치다가 그만 그립다의 집에 갇혀 버린 한 영혼을 알고 있다. 그를 만나 본 적이 있다. 어느 날 저물 무렵에 그의 우수 어린 눈빛을 먼발치로나마 눈여겨본 일이 있다.

그립다, 그립다, 그립다 속에 들어가서 만나리라. 그립다, 그립다, 몹시 그립다 속에 들어가서 잠들어 만나리라 그립다, 그립다, 그립다로 집을 지어 그 속에서 그립다 말한 그대와 백년해로 하리라 그립다, 그립다 꿈속에서도 꿈 밖에서도 그립다, 그립다 외치다가 몇 백 년이 지났는가, 몇 천 년이 지났는가.

그는 한 번도 입 밖으로는 그립다, 를 외쳐 본 일이 없는 쓸쓸한 사람인 것을. 뒷모습이 몹시 쓸쓸한 사람인 것을, 당신은 미처 알아차리기라도 했는가.

오, 몹쓸 그리움이여. 뼈를 쪼개는 듯한 고통 뒤에도 물러나지 않는 그리움이여. 아직은 덜 마른 풀잎이 그 밑뿌리까지 잘리어 나가면서 바람 속에

퍼뜨리는 알싸한 향기, 그런 향기로는 도저히 좇지 못할 깊은 슬픔이여.

그립다는 말이 이 세상에서 지워진다면 불붙어 타오르는 바람 모래밭을 파헤치리. 온갖 풀 온갖 나무들은 잿더미로 덧쌓이리.

그립다는 말이 사라져버린 세상을 상상할 수 없었다. 내 머릿속에는 온통 '그립다'라는 말로만 가득 차 있었다.

이 말보다 더 아름답고 이 말보다 더 절실한 말을 찾지 못했다.

서서 천년을 흐를지라도

벤자민이 서 있는 분아래 희고 단단한 받침대로 놓여 묵묵히 그저 묵묵히 한자리에 못 박힌 듯이 서서 때로 푸른 잎들을 무성히 바람결에 흩날리듯이 비로소 나는 그렇게 한 사람을 위하여 오직 한 사람을 위하여 나의 견고한 어깨며 팔다리며 더운 피 들끓는 심장을 끝끝내 넘어지지 않을 받침대로 삼아 그대 어여쁜 발 아래 두 무릎 아래 세웠나니 그대가 가진 그 모든 소중하고 무겁고 아픈 것들을 다 보듬어 안고, 이 자리에 그대 설지라도 서서 천년을 흐를지라도 조금도 고통스럽지도 괴롭지도 않을 내 몸은 철제 받침대 마지막까지 남을 버팀목인 것을

그랬다. 나의 모든 일거수일투족은 나를 위한 것이 아니었다. 일체감, 일체의식은 환幻이었다. 몸은 땅 위에 있었으나 마음은 구름밭 위를 걷고 있었다. 일상은 자주 넘어지고 깨어졌다.

천지에 환한 봄일 적에 그립다로 집을 지어 그 안에 영영 갇혀 버린 나는 이미 그때 죽었는지도 모른다.

또 다시 천년

있는 듯 없는 듯 나를 감싸고 있는, 내 안에 깊숙이 자리 잡고 있는, 나와 다른 형상일 수 없는 그. 단순한 말로서는 아무래도 수월히 형용되어질 수 없는 이가 시의 이미지와 일체를 이루어 늘 내 눈빛 안에 꽉 차있다. 내 온 영혼을 이루고 있다. 그는 내 상상의 비롯됨이요 마침이다. 내 시의 원천이요, 발원지다. 그가 없는 이 세상은 부정된다. 어느 날 해 저물 녘 바닷가에서 수평선을 바라보며 오직 한 생각에만 붙들려 있던 내 자신을 문득 발견하고 소스라치던 날, 그 자리 그 수평선 끝으로 한 마리 갈매기의 비상처럼 불현듯 나타난, 천년의 그리움!

아아……그는 내게 다함없는 황홀, 극광의 왈츠, 물푸레나무, 한 포기 애련한 들꽃, 천년, 천년의 사랑! 그 누구도 내게 묻지 말라. 그의 실체를! 산굽이길 꺾어 돌다가 문득 마주친 어느 가을날의 안개와 같이, 코스모스의 하늘거림같이 잠시잠깐 내 품에 들었다가 대추 열매 붉게 익히는 따가운 햇살에 쉬이 사위어 때로 어디론가 잠적해 버리곤 하는 사랑.

그러나 이 세상 어딘가에 분명히 있는 그. 지고지난의 삶의 길에 때로 쓰러질 수밖에 없는 섬약한 영혼에 불을 질러 풀무 불처럼 들끓는 불더미를 안은, 든든한 용광로와 같은 가슴을 갖게 한 그리움, 그리움의 실체.

나를 붙잡고 있는, 그러나 나를 한없이 자유롭게 하는 비자나무 숲 속의 그윽한 향기로 내 영혼의 안팎을 휩싸고 도는 그. 그 뉘가 진정 그를 보았다고 하는가. 그는 아무의 눈에나 쉬이 띄는 풀꽃, 나무, 하늘, 별, 구름……. 그런 단순한 심상이나 그 그림자일 수가 없는 것을.

그는 오직 한 사람의 시인에게만 보이는, 한사람의 시인에 의해서만 노래되는 영원의 그리움인 것을, 천년의 사랑인 것을!

못물

무어라고 귀엣말을 건네는 일 그 조차 물오른 나뭇가지 흔드는 일 같아서 속울음 안으로 삭히고 둥글게 누운 못물.

나는 유난히도 못물을 좋아했다. 교외로 나가는 날이면 혼자서 못 둑 위를 산책하곤 했다. 말없는 못물은 많은 말들을 투명하게 가두어 놓은 공간이었다.

그 속에 숨어있을 사연들을 혼자 떠올리는 일은 내게는 적잖은 위무가 되었다. '속울음을 안으로 삭히고 둥글게 누운 못물'에게서 인내를 배웠다.

기다림을 배웠다.

황급히 달려온 꽃

누가 불렀는가. 문득 뒤돌아보면 저녁연기 오르는 산비탈 흙담 모롱이 황급히 달려온 꽃만 노을에 젖어 떤다.

해 저무는 못가를 내려올 때 들었다. 누군가가 부르는 소리를. 돌아보니 아무도 없었다. 집집마다 저녁연기가 오르는 산비탈 흙담 모롱이 근처 꽃 한 포기가 노을에 젖어 떨고 있었다. 보랏빛 플럭스 꽃이었다.

담 모롱이를 돌아가는 그림자가 보였다.

돌을 던지면

돌을 던지면 잠자코 눈 감고 맞을 그런 자리에 선다 해도 강물은 흐르나니 이 몹쓸, 이 잔인한 그리움 가라앉히지 못하나니.

함께 품은 것이므로, 함께 아파해야 했다. 그것은 참으로 무거운 형벌이었다.

품에 안는 일은, 품에 품는 일은 때로는 아늑하고 때로는 두렵고 떨리는 것이어서 구름에 안기어 가는 중천의 저 햇빛과 바람을 하염없이 바라보곤 하였다.

멧짐승 그 최후 앞에

햇빛 창창하여 뜰에 내려섭니다. 고른 숨결 소리 풀잎 끝에 맺힙니다. 한 생애 이우는 그날까지 이 빛 속을 걷습니다. 올 때까지 와서 더 다다를 곳 없을 때 벽을 향해 섭니다. 이내 무릎 꿇습니다. 암벽에 부딪친 머리 멧짐승 그 최후 앞에.

시를 쓰는 일은 고통을 이기는 길이었다. 달리 길은 없었다. 끊임없이 쓰고, 쓰는 동안 견딜 수 있었다. "암벽에 부딪친 머리"로 "멧짐승"이 맞은 처절한 최후가 떠올랐다. 소스라칠 일이었다.

무릎 꿇는 일 말고는 다른 길이 없었다. 은총의 나날에 가중된 고통의 무게, 그것을 지고 가기에는 몹시 버거웠다. 머잖아 두 무릎이 우지끈 꺾일 듯했다.

갇히면 함께 갇히고 풀리면 함께 풀리는 그런 침묵의 한때, 그런 만남의 한때를 갇히고 풀리는 사이에 비가 내리고, 진눈깨비가 들이쳤다.

때로 내 안에서 거대하게

*

　마른 풀잎 속으로 염소 울음이 잠겨들고 흔들리는 감나무 가지 사이로 노을이 지고 있었다.

*

　한 여자애가 긴 둑길을 힘차게 달리고 있었다. 바람에 검정머리카락이 부드럽게 날렸다. 낚싯대를 드리우고 찌를 바라보았다. 봇물에 피라미 떼가 연신 뛰어올랐다.

　손에 든 조약돌 하나.

＊

　박수근 화집 속에는 절구질하는 여인, 굴비, 빨래터가 있었다. 소박하면서
도 깊었다. 따사로운 인간애.

　등에 아기를 업은 아낙이 빈 절구통에 절구질을 하고 있었다.

＊

　가을이었다. 지례 마을에 짙은 안개가 끼었다.

　시의 도래.
　간밤에 누군가가 죽었다는 전언.
　덤덤한 물맛을 떠올려 보았다. 쓸쓸한 바람, 막막한 울음을 따가운 볕살이
거두어 갔다.

＊

　허공에 붓을 버리자 홀로 활활 불타올랐다. 모든 이의 눈은 꽃의 무덤이었
다.

*

붉은 넥타이를 송진이 흘러내리는 소나무 가지에 매달아놓고 내려오다 밭두렁에서 꽃무늬 뱀을 만났다. 그 뱀은 내게 말했다. 네가 있을 곳에 속히 가라고.

우듬지를 바라보다가 휴지조각인지 비둘기가 내려오는지 구별치 못하는 풀린 눈망울이 못물에 어리던 날.

*

마주 앉아서 말없이 천년. 눈빛으로 천년. 눈빛으로 천년.

서른 해 전 남산 기슭 자목련. 산비탈 자목련 불길에 활활 타오르는 숯. 내 속과 흡사한 숯.

불멸. 맨발로 녹슨 못을 디뎌 밟고 가나니, 함박눈 펑펑 내리는 저물녘.

*

너는 때로 내 안에서 거대하게 퍼덕인다.

첼로의 숲

*

저문 날 모든 뼈대는 물소리를 내고 있다. 하늘 어디에선가 눈물방울 떨어지는 소리가 들렸다.

한겨울 그리움의 문고리는 얼어붙어 있다.

미치려다가
미치기를 그친 숲에 첼로가 흐른다.

금빛잉어, 불가해의 표상.
바이칼 호수, 무한의 심연.

방아깨비, 빈집 녹슨 철문, 아궁이 잔불.

*

　바람 스치고 지나간다. 관이 내려가고 있었다. 붉은 흙구덩이 속으로 억새꽃이 흔들리고 있었다.

　증기기관차 추억 속의 철로 위로 아득히.
　그날의 짚단 횃불.

*

　칠흑처럼 웅얼거렸다. 천착이었다. 한껏 썼다. 전천후였다. 물소리를 꺾었다. 극광의 왈츠였다.

　꿈을 꾸었고
　꿈을 펼쳤다.

*

　내리는 별빛을 덮고 잠들기를 기뻐하면 늙지 않으리.

세상을 줄줄이 꿰어

*

　몸 낮추는 일을 일러준다. 낮추지 않으면 아무것도 할 수 없음을 호미, 너는 크게 입 벌리어 온 세상을 향해 연신 부르짖는 중이다. 삽날에 불꽃이 튀기까지 언 땅을 파본 일 있는가. 삽자루가 가슴을 들이쳐서 검은 피멍 들어본 일 있는가. 씨를 뿌리기 전에 괭이는 내리찍는다, 땅을. 쟁기는 가슴골을 깊숙이 파고 들어가 들끓고 있는 피의 길을 바꾸어 놓는다. 잘 벼린 낫의 서슬 푸른 기운 앞에 풀은 일제히 잘려 쓰러진다.

　세상을 줄줄이 꿰어 흔들어 보겠노라고 기개를 펼치던 이들이 시조 한 수를 남기고 찬 이슬로 스러져 갔나니. 뚫리고 둥근 상평통보여. 풀물 밴 지게 작대기여.

*

강물 위에 떠 있는 백로는 한 순간 멈춰 있었다. 새가 펼친 널따란 흰 날개와 펼쳐져 흐르는 강물 사이의 허공은 몹시 팽팽하였다.

물결의 퍼덕거림, 일순 물속 수천 새 떼의 솟구침. 허공이 찢겨져서 연푸른 피가 쉴 새 없이 흘러내리고 있었다.

새와 수면.

수면과 새.

*

내 직업은 한때 자책이었다. 자책으로 쓰러지고 자책으로 밥을 먹고 자책으로 잠을 잤다. 꽃 피어 자책하며 모자란 품을 향해 채찍을 내리치곤 했다.

어쩌지 못할 봄. 어쩌지 못할 낙화. 어쩌지 못할 묵묵부답.

꺾는다고 꺾이겠는가, 저 희디흰 포말의 파도.

*

유도화는 붉었다. 그 꽃가지 꺾어 젓가락으로 밥을 먹으면 곧장 죽는다고 했다. 높다랗게 선 채로 붉은 협죽도.

일곱 번을 마주친 뒤 애월은, 애월 바다는 눈에 들어왔다. 마침내 애월 바다 품에 안겼다.

노을 벼랑 파도 먼 수평선 달빛 편지 물결. 애월은 애월이어서 다만 애월스러운 곳. 어여쁘도록 제주스러운 곳. 다함없이 아아로운 곳.

무지개가 백록담으로부터 애월 바다에 이르기까지 기다랗게 비끼는 날, 너는 내게로 오리.

*

보이고 싶지 않은 것, 드러내고 싶지 않은 것은 끝까지 가리어져 있어야 하리. 아픔을 안으로 무장 삭이다가 한 점 먼지로 끝내 스러질지라도.

짐승, 짐승들. 내홍의 원흉들. 등짝에 불화살 맞은 내란의 짐승 떼. 도적이 되 그리움의 궤짝을 훔친 도적. 그의 등을 짓누르던 그리움의 궤짝. 그것을 지고 천년의 분화구에 뛰어든 뒤 자취 없이 사라져간 도적. 봄날의 붉은 꽃처럼 찢어지고 애련의 북소리 둥둥둥 울리는데⋯⋯.

*

바닥의 바닥을 치다가 올라오기까지는 족히 천년이 소요되리라. 들끓어오르는 마그마 절망의 힘. 연연해 하다가 다 놓쳐버리고 가랑잎을 좇던 날. 왕버들 수십 그루 가슴에 심은 못물 앞에 섰다. 사랑을 이룬 둘레와 깊이. 고인 그리움을 말없이 다독이고 있는 바람. 구름, 뿌리들.

*

　화순 적벽, 붉은 벽 앞으로 물결은 쉼 없이 치고 있었다. 연해 심호흡을 하지 않으면 곧장 숨 막힐 것 같은 순간 무작정 다가설 수 없었던 적벽. 꽃밭머리 적벽.

　직립. 직각은 오래 가지 못한다. 각은 점점 약해진다. 끝이 예리해져 간다. 땅으로 지심으로 언덕 속으로 흙속으로 기나긴 잠 속으로.

삼강나루터

*

디르사, 귀해서 가질 수 없고 귀해서 모든 것을 눈물로 받아 안을 수밖에 없었던 디르사.

별빛과 꽃잎 되어 그의 눈 속으로 들어가 버린 뒤 영영 자취 없이 사라진 노래.

아무것도 아니었다. 아무것도 아닐 수 없었다.

꿈속과 꿈 바깥이 다르지 않던 나날들. 곧 녹아내릴 것 같은 불기둥, 울음 기둥. 구슬꿰미, 이슬방울, 빛과 못물.

디르사.
디르사.

*

삼단머리 옥색 앞섶자락 강물 소리
별빛 삼강나루터에서 입맞춤하는 바람과 강물.

차디찬 밤
너에게로 그는 갔다.

*

토기와 철정과 함께 죽어가는 일
붉은 빛 무리 영원 속으로 건너가는 일.

목곽묘.
별빛이불.

*

노란 바람개비
노란 바람

둥근 부엉이 바위
자전거 바퀴와 페달
휘파람소리

밀짚모자.

*

벽공을 치솟는다.
넉장거리로 누웠다가 일시에 솟구친다.

동백나무 바위벼랑
망망한 바다

쇠
말
뚝
섬.

*

피마자

넓은 잎 위에 앉은 푸른 사마귀의 가을.

정지신호
너와 나 사이를 가로막고 있어

피할 길 없는 가을
돌개바람.

*

별빛타래 걸어주리.
자주구름 걸어주리.

새 우짖을 때
바람 들이닥치기 전

꽃들로 가득했던 네게.
노을로 타올랐던 네게.
그림자 붉었던 네게.

*

매미
배롱나무
꽃무더기 속 달아오른 몸뚱어리

울음무덤
중천.

*

아무것도 이해할 수 없었다. 나 자신을, 자신의 존재를, 존재 이유를 이해할 수 없었다. 꽃은 거기 피어 있고 나는 갈맷빛 하늘 우러를 뿐이었다.

하루도 한 사람의 일생도 이해 이전에 다가왔고 함께 했으니.

*

출렁이는 무한 기도가 드려지는 바다.
정도리 앞바다.

비루함은 계측되지 않으리.
남녘 몽돌 밭에서는.

*

떨어지지 않으려 안간힘을 다 할 동안 그 자리에 매달려 있다.

끝을 볼 때까지.
마지막 숨을 몰아쉬기까지.

뒤란 우물 곁
감나무 가지 끝 저녁.

*

크고 부드러운 손

치솟고
가다듬어져서
빛나는 분화구

바다를 몰고 가는 소우주.

*

섬은 바다로 둘러싸여 있고
너는 그에게 둘러싸여 있나니

초분
솔숲
바람소리
양귀비
당신

끊긴 길은 다시 이어지고 있었다.

*

커다란 배가 순식간에 침몰하고
그 뒤 무성한 말들이 지상 곳곳을 돌아다녔다.

파도치고 파도쳐도 끝내 밀어 올리지 못한
무슨 말로도 그 끝을 볼 수 없는

수많은 영혼
떠오르지 않는 한 척의 배.

물망

*

바로 앞에 앉았으면 그것이 곧 답신이다.

무엇을 더 바라랴. 바로 앞에 있는 것을, 바로 앞에 환한 것을.

*

루치아노 파바로티
불멸
노래
흰 손수건
뜨거운 사내

시
불멸.

＊

밤을 보려는 자는 밤이 삼켜버린다. 만나지 않았기에 헤어질 수도 없었다.
헤어질 수 없었기에 만나지도 않았다.

최초의 밤
최후의 밤.

밤을 보려는 자, 밤이 삼켜버렸나니.

＊

한 순간 마음 디뎌버린 곳
가슴 뉘어 버린 곳

꽃 벼랑
골짜구니.

천 년 전

천 년 후.

*

반역을 꿈꾸지 않은 자, 어찌 시인이랴.

반기
반항
반란

그리고 반역.

올곧게 살지니, 평범하고도 쓸쓸하게.

*

네 것이 아닌 깊은 골짜기, 벼랑 끝을 달리게 하는 것. 그러나 끝내 내비치지 않는 것, 내비치지 않아야 하는 것, 내비칠 수 없는 것.

숲
말의 묘미
끝까지 파고 들어가 열어젖히고 싶은 꽃문

끝내 열리지 않은 문

스루
시스루
스루.

*

잠들 때 눈물 머금고 깰 때 이름 부른다.

물망
오로라
몽우리.

*

누군가를 의지한다는 것은 내밀한 일. 떠난다는 것은 슬프고도 감미로운 일. 영주 부석사 무량수전 배흘림기둥을 부둥켜안고 울음 운다. 울음은 기둥을 타고 흘러내린다.

의지하는 일과 떠나는 일.
배흘림기둥에게 듣는 저녁.

*

심연의 심연
흑애.

파도치는 머리칼
파도치는 마파람

검은 망사의 신부.
내려간 동아줄
검은 선글라스.
검은 머리칼.

흑애.

*

끔찍한 일.
끔찍하게 만드는 일.

끔찍이 그리는 일은

사는 일의 끔찍함을 좋이 이겨내게 하나니.

첫눈 오는 밤이면.

*

창룡
수지

시인이 시인에게 하는 말

톱클래스.

*

손수
곡괭이로
자기 무덤을 파고, 그 속으로
서서히
걸어 들어가서
스스로
관 뚜껑을

덮어 버린다.

*

눈부신 검정.

기철
벨라스케스
렘브란트
마네
마티스
말레비치
권

양남주상절리.

*

장흥바다에 뛰어내린 음울.

별안간 커다란 물고기가 나타나 온몸으로 떠받쳐
뭍으로 던져 올린 음울.

끝없는 급전직하
끝없는 끌어올림

검붉게 타는 꽃잎에 뒤덮여 스러져간 음울.

*

입맞춤
눈맞춤

느티나무 그늘
그늘은 오백년

한 오백년은 살자.
입 맞추고 앉아
한 오백년은 살자.

*

자목련이 있었다.
태초에 설렘이 있었다.

한번 피었다가 곧장 지는 너의 얼굴이 있었다.

모든 것은
눈 깜짝할 사이였고
그 후
긴 슬픔이 도래했다.

*

좀 더 참지.
좀 더 견디지.
중얼거리며 떡갈나무 옆을 스치는 바람.

아랑곳없는 잎사귀.

앞서거니
뒤서거니

참거나
참지 못하거나.

*

뭉클거리는 협재 앞바다

멀리 한라산
가까이 비양도

비로소 사는 길이 보였다.

사는 것 같이 살게 된 날의 첫날이었다.

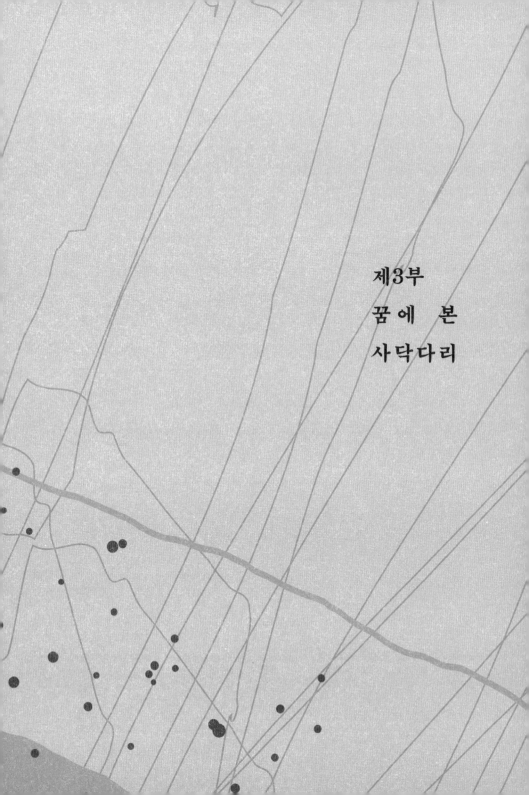

제3부
꿈에 본
사닥다리

첫 지면 이후

*

중학교 3학년 가을에 시를 쓰기 시작한 이후 지면에 실리게 된 것은 3년 뒤인 1972년 겨울이었다. 고등학교 3학년 졸업반 시절 영신문집에 시 세 편, 일기문 한 편을 발표한 것이다. 무려 지면에 이름이 네 번이나 나온 경사였다. 가슴이 쿵쾅거렸다. 숨이 차올랐다.

세상에 내 이름으로 이렇게 많은 글을 싣다니. 도무지 있을 수 없는 일이 내게 일어난 것이다. 그러니 흥분할 만도 했다. 아직도 그 작품들의 원본을 소장 중이다.

「가을의 정」, 「내일이여 말하라」, 「무제에서」, 「일기에서」이다.

나는 조용히 어리석어진 이 마음을 탄핵하며
새롭게 산뜻한 사상을 불러일으키고 싶다
모든 것을 다 잊어버려야겠다
금시까지의 과실을 백지장으로 되돌리고 싶다

나는 내 야릇하고 못난 머리를 쥐어박으며,

좀 더 어두컴컴한 다락방으로 들어간다

그곳은 사실 인간의 잠자리가 아니다

어미 쥐 한 쌍이

새끼를 줄줄이 치고서 밤의 쾌락에 빠져 있었다

인기척에 놀란 고놈들은 뚫어진 구멍으로

면상을 빠끔 드러내고, 까만 눈동자를 밝힌다

나는 야심의 나라에 찾아든 것이다

고놈들이 이제는 나의 행색을 넘보고

나를 아주 멸시하는 듯 저들끼리 어둠 속에서 재잘거린다

내가 타 인간에게서 무한한 천대를 받고 왔다고,

나란 인간이 제 놈들의 재롱이로 경시한 채

어둠 속에서 아닌 밤중의 쾌락을 떤다

나는 조용히 눈을 내려감는다

그래서 하잘 것 없는 나의 육신을 꿇어앉힌 채

망령이 든 나의 넋을 경박한 서생원에게 먹히기를 기다린다

- 「무제에서」 전문

바람 속을 거닐며

전하라 흐르는

이 시간을 기억하듯

내일이여!

말하라 그 무서운 일들을

눈발을 헤치며

청순한 소녀가 슬픔에 잠기듯
내일이여!
말하라 이 미지의 속삭임을

오뉴월의 산야가
산뜻한 푸른 깃발을 드높이듯
내일이여!
말하라 기나긴 청춘을

소리 없는 대화 속에
전하라 쌀쌀하듯
다감한 그리움을
내일이여!
말하라 이 영원한 사랑을

- 「내일이여 말하라」 전문

외로움은
풀벌레 소리처럼
애수를 자아내고
까닭 모를 미련으로
한 장의 엽서를 띄운 채
밤 새벽
뽀오얀 성에가 어린 창가에서

먼 기적을 따라

노란 길을 뜬다

내면으로 타는

꽃구름은

가을의 빛

피었다가

어디멘가 승화한

꽃바람을 안고

삶이 곧 그것인 양

하늘거리는

허허로운 공간으로

시간의 때를 말끔히 씻고

바다 바람

해맑은

물빛 여로를 갈 제

끝 간 데 없는

아득한

수평선 너머로

솟는 새 생명을 맞고 싶다

하여

나의 영혼은

새롭듯 나래를 펴 푸르러 오는

창공을 비상한다

젊음과 용기를

잃지 않고

순수의 환호성이 되울리는

창가

한 잎의 푸른 잎은

못내 노을에 탄다

헤어지고

떠나가는

맑은 정에 안타까운 계절

먼 번뇌랑

비애처럼 씹으며

노변에 핀 꽃송이에

맺힌 찬 이슬인 양

내 마음 가장자리엔

여정이 머물고

긴 가닥이 까만 점선으로

두고 가는 연한

시야엔

파란 하늘 곱게 열려

빨간 영혼을 띄운다

－「가을의 정」 전문

　「무제에서」는 심히 뚱딴지같은 소리지만 스물이 되기 전 피 끓던 시기였던지라 그럴 만도 했으리라는 생각이 든다. 자신을 스스로 탄핵하겠다니 그 무슨 만용인가? 그 시절 그만큼 어두웠고, 힘들었다. 앞길이 그저 막막했고,

인생이 무엇인지 고뇌를 거듭할 때였다. 「내일이여 말하라」는 힘차서 기백이 느껴지고, 「가을의 정」은 호흡이 꽤나 길다. 물론 짧게 분절한 까닭도 있겠지만 사유의 공간이 넓어서 그럴듯한 분위기를 연출한다. 반세기 전 글을 보면서 가슴이 들렌다.

그때 일기를 옮긴다.

장맛비가 끊임없이 내린다. 석류꽃이 빨갛게 피어선 떨어져 정원에 빨간 점을 수놓고 접시꽃이 하늘로 쭉쭉 뻗으며 불그레한 꽃을 피운다. 옥수수 밭의 옥수수는 자라나는 모습이 보일 듯이 밤새 쑥쑥 커서 이젠 길 솟는 옥수수 밭으로 변해 보는 이로 하여금 꿈을 가지게 한다.

푸르른 하늘을 볼 수 없는 세계에서 오직 땅만이 파란 잎사귀들을 열심히 가꾼다. 저 하늘의 짙은 구름에서 내리는 빗줄기가 이 땅을 한결 살찌게 가꾸어주는 촉진제가 되는 것이 어쩌면 신비스럽기도 하다. 여전히 비는 내린다. 우울해지는 마음을 씻고자 나는 푸른 풀들이 자라나는 언덕의 아침을 앉아서 상상해본다.

침울한 심사를 내 마음에 깃들게 하는 장마지만 어룽거리는 나의 시야에는 언제나 푸른 산이 다가설 듯 서 있을 따름이다.

― 「장마」 전문

세월은 빠르다. 빠르고 덧없는 것이 세월이다. 어제가 꿈의 대상이 되어 버리고 지금, 이 순간도 이 시간 후에는 명명 못할 영상으로 이내 못 박힌다. 여하한 생명은 시공간의 야박한 흐름에 제물로 바쳐져 생애라고 이름 짓기에도 뭣한 짧은 뜬 구름의 일생으로 끝난다.

아득하고 먼 양으로 저 푸른 봉두 위의 가을 하늘을 바라보아도 좋겠고, 정

작 떠오르는 한 점의 구름이 우리라고 한들 뭐라고 할 사람은 드물 것이다. 그
저 죽겠느니 하는 사람들, 그들은 나라는 사람을 가을 저 하늘에 뜬 조각구름
처럼 아쉬운 존재로 깨닫지 못하고 있기 때문에 습성처럼 차마 두려운 말을
스스럼없이 지껄이는 것이리라.

죽음.

흔히 낙엽을 연상케 하고 석양을 머리에 떠올리게 하는 이 낱말. 과연 죽음
이란 것이 이처럼 허랑하기만 할까? 그렇지 않으리라고 생각하고 싶다. 잎은
그 생명이 다하면 떨어지는 것, 다음세대를 위하여. 그리고 새로운 잎이 돋을
것이라는 예약이 우리를 기쁘게 해준다. 하여 낙엽 지는 시절의 순수하고 맑
은 비애도 내일의 새 출발에 고귀한 예지를 깃들게 해준다고 믿고 싶다. 청량
제처럼 말이다.

- 「세월」 전문

그 시절 무슨 생각을 하며 진학을 준비했는지 짐작된다. 일기를 꾸준히 쓰
면서 무언가 골똘히 사색을 하던 때여서 새삼스럽게 읽힌다.

*

보다 넓은 세상이라는 대학에서의 첫 지면은 학보였다. 1973년 3월에 입
학하자마자 시를 투고했는데 4월에 실렸다. 많지 않았지만 고료도 있었다.

꽃 지고 잎 떨어진 마른 가지에
무언가 남아 떨고 있음은

내 눈길이 바램을 둔

그 빈 가지 새로

앳된 그 어느 날을 약속하는

연초록 사랑의 이야기들 숨은 듯하다

가냘픈 소녀의 옅은 보조개

애처로운

외떨기 꽃의 영상을랑

가만두고 그릴 량이면

그 어느 땐가

내 그리워하는 눈동자의

그 시선이 머무는 곳

어여쁜 오월의 꽃봉오리가

숨 쉴 날 있으련가

해서

무언가 남아 떨고 있는 듯한

가지 끝

그 어느 날

나비사 내리리라

-「빈가지」전문

다분히 소녀 취향이다. 그러나 풋풋한 시심은 살아 있다. 어쩌면 「무제에서」와 「빈 가지」로 말미암아 지금까지 시를 쓰게 되었을지도 모른다.

순아, 비가 거리에 내린다
바람은 멎고
조그만 방 안
촛불이 홀로 켜 있다

열린 창문가로
너의 끊겨진 숨결마냥
바람은 깃들고 있다

촛불은
바람을 탐 없이
뿌리째
사루어지고
그 빛, 어둠에 녹아 있다

너의 흰 살결이
땅에 스며있듯
그 모습은 공기에 물들었다
너의 영혼처럼
그 빛은 밤에 숨어 있다

순아

창밖으로 밤비가 퍼부어도

참으로

밤비는

널 위한 눈물이 아니다

다만 젖은 땅에 스며드는

저 빗물은

순이와 우리의 목숨의 일부분

무의미한

생의

일부분

- 「존재 · 윤회」 전문

데카당스라고 할만하다. 그런 애조에 머물면서 존재에 대한 탐색을 하고 있다. 그만큼 젊었던 것이다. 1973년 작품이다.

무지개 내걸린 하늘로 잇는

이름 모를 층층다리

한 걸음 한 걸음

행진곡의 음률을 딛고

영혼의 그리메들

점점으로 개미 떼 마냥 가물거린다

노정은

작은 미풍만큼 하늘거리고
거센 바람만큼
사위로 요동하는
천상으로 향한 하늘 계단

간간이
시류의 후미진 데를 만나
퍼런 뇌성도 없지 않는 곳

사계의 저편 너머
시시때때로
눈비가 섞여 내리는 곳

여길, 더듬어 나아가는
영혼의 무리들이란
붉은 황혼의 시각을
항용
의식의 그늘 속에 담고 있다
종소리 은은한 잿빛 저녁 풍경을

보다 크나큰 은혜의 손이
자비의 청정무구한 나래를 달고
현신하는 그날까지

바람에
목숨이 낙엽마냥 흩날리어도
환한 아침 햇살 속
피아노 나란한 건반을 두드리듯
가다듬은 마음의 울을 젖히고,

한 걸음
한 걸음
이 성스런 노정을 밟아가야 한다
고요한 별빛 돋는 밤의 안식처를 향해서

- 「층층다리」 전문

무엇을 말하고자 하는 메시지는 있으나 수사가 세련되지 못하고 표현이 생경하다. 또한 무언가 형상화하고자 하는 열망에 비하면 승화와는 한참 멀다. 지나치게 멋을 부리듯 한자어를 남발하고 있는 것도 눈에 거슬린다. 그러나 진정성은 느껴진다. 1974년 작품이다.

묵묵부답에 관하여

*

시는 꿈에 본 사닥다리다. 베델에서 돌베개 베고 잠들었다가 야곱이 바라본 사닥다리. 나의 이 살가죽, 이것이 썩은 후에 내가 육체 밖에서 바라볼 영원의 실체.

나의 누이, 나의 신부! 네가 내 마음을 빼앗았구나. 네 눈으로 한 번 보는 것과 네 목의 구슬 한 꿰미로 내 마음을 빼앗았구나. 뺨은 향기로운 꽃밭, 향기로운 풀언덕. 입술은 백합화, 몰약 즙이 뚝뚝 떨어지는……. 네 윤나는 검정 머리카락에 붙들어 매인 나.

시는 술람미 여인이다. 고혹이다. 꿈꾸는 자, 요셉이 떨어져 내린 구덩이다. 먼 이역 땅으로 팔리어 가기 직전의. 그리고 뜻하지 않은 감옥살이……. 도무지 헤어날 것 같지 않던 캄캄한 나락.

*

너는 슬로브핫[1]의 딸, 솔로몬이 어여삐 여긴 이상향. 어느 날 내 꿈속으로 스미어 들어온 나도향. 내 영혼이 빚은 또 하나의 나. 네 몸은 내 영혼, 내 영혼은 너의 몸[2]. 그 경계를 헤아릴 길 없는 구름밭, 구름결, 보랏빛 구름의 말.

레바논의 백향목, 표범산의 이슬, 별과 꽃의 형용을 넘어 영원의 문살에 얼비쳐오는 영혼의 실루엣.

묻고 또 묻다가 곧장 울음이 되는 먼 먼 물소리.

*

이제 더는 버릴 것이 없도다. 더 가지지 않아도 좋을 넉넉함이여. 이젠 더는 버릴 것이 없도다. 아로새겨져서 슬픈, 아로새겨져서 눈부신 상흔, 갈맷빛 치유. 네 눈망울에 가득한 헤르몬 산의 이슬과도 같다.

행복과 슬픔의 면사포. 네 쪽진 머리에 얹힌 족두리 꽃은 시방 흔들리나니, 어찌하여 너는 눈물 머금은 채로 웃고 있느뇨. 달빛 내리는 뒤란에서 별밭 홀로 우러르고 섰느뇨.

*

너와 나는 바람의 몫이었다. 구름의 몫이었다. 고이 주름잡힐 시간의 몫이었다. 가없는 너의 실루엣은 하늘에 새겨져 있어 흐린 날이면 그것이 잘 보인다. 참 잘 보인다.

다소곳이 앉아 내려다보느니, 먼 못물.

*

묵묵부답, 묵묵부답. 천년을 묵묵부답인들 견디지 못하랴. 묵묵부답, 그는 나의 연인, 영원의 연인이다. 나는 그를 생각할 때면 설렌다. 그의 침묵을 사랑한다. 그의 얼굴 없음을 어여삐 여긴다. 묵묵부답, 그는 나의 삶을 영위하게 하는 부단한 힘, 눈부신 원동력이다.

*

어느 날 저물녘 아가서에서 마침내 디르사, 너를 찾았다. 너는 그곳에 숨어 있었다. 너는 내가 일생을 두고 찾고자 했던, 만나고자 했던 이상향, 꿈에도 그리던 엔게디 포도원의 고벨화 송이, 양떼, 포도원, 게달의 장막, 향기름, 포도주, 입맞춤, 발자취, 어여쁜 자, 머리털, 목, 구슬꿰미, 금사슬, 나도 기름 향기, 몰약 향주머니, 백향목 들보, 잣나무 서까래, 샤론의 수선화, 골짜기의 백합화, 처녀, 수풀, 두 뺨, 햇볕, 솔로몬의 휘장, 바로의 병거의 준마였다.

그리고 늘 다함없는 묵묵부답이었다.

*

술람미, 베아트리체 포르티나리, 조세핀 비에크 클라라, 캐롤라인 앨리스 로버츠와 더불어 나는 디르사, 너를 생각한다. 솔로몬의 여인 술람미, 단테의 연인 베아트리체 포르티나리, 브람스의 조세핀 비에크 클라라, 에드워드 엘가의 동반자 캐롤라인 앨리스 로버츠. 한 존재의 자존감을 극대화한 구원의 여인상들이다.

나는 이번 연작시편 「비가, 디르사에게」 80여 편을 쓰면서 묵시론적 발화와 함께 영원의 여인상을 그려보고자 하였다. 턱없이 짧은 붓 앞에 절망의 그림자가 오랫동안 어른거렸지만, 우주미인 디르사의 리얼리티를 끝내 몰아내지는 못하였다.

*

그리하여, 이 시편들을 나의 묵묵부답의 앞섶자락에 바친다.

흑애

그를 보았다. 불현듯 치렁치렁한 머리칼로 온, 수만 개 검정 올로 직조되어 있는, 윤기가 쉼 없이 흘러내리는 검은 절벽으로 온, 그를 처음 보았다. 그 이후로 나는 그 벼랑에 붙들어 매여 버렸다. 그것은 흑애였다. 눈부신 오백년, 오백년 입맞춤이었다.

천편일률을 꽃잎처럼 짓이겨버리고 '천편천률'을 꿈꾸는 일이 예술가의 길이라고 어느 날 저녁 내게 말했다. 모름지기 '천편천률'을 꿈꾸지 않으면 실패의 쓴 잔을 마셔야 한다. 그것은 진정 아티스트가 갈 길이 아니다. 그 점을 내게 간곡히 말한 것이리라.

그의 눈을 바라보았다. 천년의 깊이가 드리워져 있는 선한 눈빛을. 남천의 물소리를 함께 들었다. 아미산 하늘을 함께 우러러 보았다. 초록바람을 마셨다. 솔잎 향기에 젖어 들었다. 구름결을 바라보았다. 드센 바닷바람에 함께 휩싸였다.

시를 논했다. 영원을 나누었다. 서로가 서로에게 빠뜨려져서 심연까지 내려앉았다. 심연 속에서 무수한 이야기들이 오고갔다. 검은 파도가 쉴 새 없이 들이닥쳤다.

*

시를 쓰지 않았더라면 무엇을 하였을까. 아마도 심한 술주정뱅이가 되었을 것이다.

그런데 그럴 수 없도록 어느 날 하늘이 십자가로 꽁꽁 묶어 버렸다. 알 길 없는 시가 나를 꽁꽁 묶어 버렸다. 그리고 그가 나를 꽁꽁 묶어 버렸다. 나는 묶인 채로 무한 자유를 누린다. 시조를 쓰면서도 형식에 구애받지 않는다. 신앙의 길을 가면서도 틀에 얽매이지 않는다.

이처럼 나는 남다른 은총을 입고 산다.

*

모든 것은 한눈에 결정된다. 한눈에 반해 버린다. 궁구하거나 관찰하거나 하는 동안에 오로라는 불시에 스러진다. 한순간에 불꽃이 솟아올라서 함께 타버려야 한다. 그를 만났을 때가 그러하였다. 1969년 가을 어느 날이었다. 그날 그는 내게로 왔다. 그 이후로 나는 한 순간도 그를 놓치지 않았다. 동행했다. 그러니까 시는 남천 물소리였고, 아미산 어느 산자락의 엷은 구름이기도 했고, 높새바람이다가 남녘 해안 크고 작은 돌덩어리로 내 눈앞에 나타나기도 했다.

경북 군위군 고로면 화수리 부근엔 전설의 두 봉우리, 각시봉과 총각봉이 있다. 이들은 태초부터 떨어져 지내고 있다. 멀찍이서 마주 바라보고 서서 애절한 사랑의 눈빛을 보내곤 하면서도 손 한번 잡아 본 일이 없다.

끝없이 높아지려는 것과 끝없이 깊어지려는 것 사이의 저 내적 갈등

－「산」전문

이 한 줄 시는 각시봉을 노래한 것이다. 나는 한 번씩 시를 떠올릴 적마다 각시봉을 생각하곤 한다. 시는 각시봉이다. 무장 아름다워서 무한정 쓰다듬어주고 어루만져 주고 싶은. 그러고 보니 흑애를 가진 점이 같다.

말로 다 할 수 있다면 꽃이 왜 붉으랴

－「서시」전문

내가 쓴 시 중에 가장 짧은 작품이다. 여덟 줄을 버린 뒤에 얻은 한 줄이다. 일찍이 릴케가 말한 그 한 줄이 되었는지는 알 수 없지만, 이 한 줄이 지금까지 나를 견인하는 추동력임에는 틀림없다.

*

나는 가끔 아버지의 쟁기를 떠올리곤 한다. 이른 봄날 쟁기를 타고 밭을 갈던 추억을 잊지 못한다. 또한 네댓 살 무렵 마당에서 혼자 놀다가 지게 위 나뭇단에 꽂고 온 참꽃 한 묶음을 아버지로부터 받아 안던 순간을 잊지 못한다. 떠도는 구름 같은 아버지가 내게 남긴 커다란 유산이다.

나는 그 힘으로 지금도 열심히 시를 쓴다.

*

그를 보았다.
오백년을 끔찍이도 그리던 이를.
맞닥뜨리던 그 순간 숨이 콱 막혀 왔다.

모름지기 시란 그런 파랑이다.

*

흑애.
오로라.
미사촌.
눈물꽃나비.
오백년 입맞춤.

섬에 사무치다, 천년에 사무치다

– 애월 바다

사랑을 아는 바다에 노을이 지고 있다
애월, 하고 부르면 명치끝이 저린 저녁
노을은 하고 싶은 말들 다 풀어놓고 있다
누군가에게 문득 긴 편지를 쓰고 싶다
벼랑과 먼 파도와 수평선이 이끌고 온
그 말을 다 받아 담은 편지를 전하고 싶다
애월은 달빛 가장자리, 사랑을 하는 바다
무장 서럽도록 뼈저린 이가 찾아와서
물결을 매만지는 일만 거듭하게 하고 있다

– 「애월 바다」 전문

바다는 대체 당신에게 무슨 의미인가. 왜 파도는 쉼 없이 당신 앞섶으로
뛰어오르고 있는가. 그때 당신은 가슴 속이 미어질 듯하기나 했는가. 아니,

뼛속 깊이 저미어드는 파도의 날카로운 발톱에 당신의 심장 한 귀퉁이가 그만 찢어졌는가. 왜 노을은 지고 있는가. 노을은 왜 애월 바다에서만 지고 있는가. 누가 일찍이 그 바다를 사랑을 아는 바다라고 일렀는가. 참으로 노을은 지고 있는 것인가. 하염없이 울고 있는 것인가. 그가 노을을 바라보고 있을 때 당신도 그 자리에 서 있었던 것을 당신은 미처 알았던가, 몰랐던가. 아주 오래 전 바다를 찾아 그 바닷가에서 등짝에 칼 맞은 짐승처럼 꺼억 꺽 울고 있던 그를 당신은 기억이나 하고 있는가. 해저물녘 당신을 부를 때 당신은 어느 쪽 창문을 젖히고 창밖을 내다보고 있었던가. 눈앞에 늘 보인다는 그 울퉁불퉁한 나무가 몇 천리를 달려온 바닷바람에 조금씩 흔들리고 있는 것을 당신은 보았던가, 못 보았던가. 그 미세한 바람 속에서, 해풍 속에서 그의 숨결소리를 귀 기울여 들었던가, 못 들었던가. 애월, 아아 숨 막힐 듯한 이름 앞에 숨이 곧 끊어질 듯한 그, 진정으로 당신은 그가 저 노을처럼 숨겨가기를 바라고 있는가. 마주앉아서 말없이 천년, 눈빛으로 천년, 덧없이 마주앉아서 눈빛으로 천년이고자 했던 날의 속울음소리가 다시금 당신 귓전에 들려오고 있는가. 물소리를 꺾어 당신께 바치고자 했던 이를, 그의 무너져 내릴 듯한 명치끝을 기억하고 있는가. 아니면 까마득히 그만 잊었던가. 잊어 버렸던가. 그 어느 날 마치 노도와 같았던 무지막지한 열풍을, 그 뜨거움을 당신은 지금도 안으로 부둥켜안고 있는가. 유도화 붉어도 서럽지 않은 밤을 아는가. 땅이 타오르면서 가지마다 번져 올라 잊었던 그날의 노래, 이제도 붉음을 잊지 않고 있는가. 무장 그리운 이의 앞섶자락을 보는 듯 유도화가 높다랗게 선 채로 붉어, 파도를 꺾으며 우는 한 사내를 기어이 붙들고야 마는 것을 당신은 두 눈으로 똑똑히 보고 있는가. 일만의 파도 소리, 한 번도 지루해 않는 부딪침을, 그 절절함을 듣고 있는가. 꺾이어지는 것을 두려워하지도 않고, 우격다짐으로 바위섬을 내쫓지도 않는 것을 당신은 이제 어떻게 읽을 것인가. 발길을 붙드는 애월, 마구 불타는 노을을 보고도 미치지 않은 그, 아니 미쳐서 이미 영원한 백치가 된 그를 당신은 영영 말 잃은 채로 마냥 바라만 볼 것인가. 모든 사랑은 백록담으로부터 비롯되어 무지개처럼 온통 섬 하늘에 드리워져 당신 속의 속뜰의 잎에 햇살이 드는 것을, 그리하여 햇살 가득한 방이 비로소 애월 바다를 향해 열리는 것을 당신은 눈물 가득한 눈으로 바라보고 있는가. 말로 다 이를 수 없는 것이 저 파도요, 바다인 것을 아는가. 이 세상에서 가장 아름다운 바다, 아름다운 해안이 애월이라고 일찍이 그 뉘가 말했던가. 해저물녘 어떤 시인이 투박한 입술로 그렇게 혼자 되뇌었다는 것인가. 벼랑과 먼 파도와 수평선이 이끌고 온 말을 받아 담은 편지가 제주 해안선을 다 휘감아도 모자란다는 그의 말을 당신은 들은 적이 있는가. 애월은 달빛 가장자리, 사랑을 하는 바다라고 이제 그는 노래하노니, 당신과의 사랑을 그렇게 가슴 미어지도록 노래하고 있노니, 아아 이것을 영혼의 뼛속까지 적어서 누가 천년 뒤까지 내려 보내주겠는가. 무장 서럽도록 뼈저린 이가 찾아와서 물결을 매만지는 일만 거듭하게 하게 하는 바다, 애월은 애오라지 당신을 천년만년 기다리고 있을지니, 아니 바로 당신이 애월인 것을, 그 바다와 섬인 것을 당신은 진정 다 헤아리고 있는가. 섬에 사무친, 천년에 사무친 한 영혼이 바로 당신이자 그인 것을 천년 뒤의 눈 밝은 사람들이 이구동성으로 시방 목청껏 외치고 있는 것을 당신은 뼛속 깊이 듣고 있는가, 천년의 눈물어린 눈으로 듣고 있는가.

연시에 대하여

지난 1990년대 초·중반 나는 어떤 말 못할 연유로 미친 듯이 사랑시를 썼다. 그때 내 나이 서른 중반을 막 넘어설 때였다. 이제 와서 돌아보니 참 젊었을 때라는 생각이 든다.

"자목련 산비탈 저 자목련 산비탈 경주 남산 기슭 자목련 산비탈 내 사랑 산비탈 자목련 즈믄 봄을 피고 지는"이라고 「자목련 산비탈」에서 노래하다가 종내 견디지 못하고 「에워쌌으니」에서 "에워쌌으니 아아 그대 나를 에워쌌으니 향기로워라 온 세상 에워싸고 에워쌌으니 온 누리 향기로워라 나 그대 에워쌌으니"라고 읊조렸다. 두 편은 모두 단시조로 따져 읽으면 동어 반복이 매우 잦아 자칫 말의 낭비로 시에서 멀어질 수도 있는 작품들이다. 그런데 그것을 극복하였다고 나는 자신한다. 각각 적절한 시적 장치를 마련하였다고 믿기 때문이다.

이보다 먼저 쓴 작품으로 "나 죽으면 눈물 한 방울 흘리잖고 먼 산이나 하염없이 하염없이 바라볼 마침내 말없을 그대 영영 말 잃을 그대 천지에 환한 봄일 적에 나 죽으리 천년을 읊은 그 봄날 나 죽으리 그 날에 나 죽은 그날에 영영 말 잃을 그대"라는 「別辭」가 있다. 혼자 이 시를 끝없이 되뇌다가 간절함이 극에 이르러 정말 어느 봄날에는 '내가 죽는 날이 마침내 찾아 왔구나.' 하고 죽음 직전에까지 다가서기도 했다. 그리하여 "마주 앉아서 말없이 천년 눈빛으로 천년 눈빛으로 천년 덧없이 마주 앉아서 눈빛으로 천년"이라고 「千年」에서 노래하면서 천년은 길이가 아니라 깊이임을 깨닫게 된다.

고통은 계속 이어졌다. 「獻辭」에서 "물소리를 꺾어 그대에게 바치고 싶다 수천수만 줄기의 희디흰 나의 뼈대 저문 날 물소리를 꺾어 그대에게 바치고 싶다 꺾이고 꺾이어서 마디마디 다 꺾이어서 꺾이고 꺾이어서 마침내 사랑을 이룬 저문 날 모든 뼈대는 물소리를 내고 있다"라고 절규하듯 노래하며 물소리를 꺾기까지 한다.

그 이후로 나는 에오라지 일생을 두고 한 사람을 위한 시를 수백 편 혹은 수천 편을 쓸 수 있을 때 비로소 한 사람의 시인으로 우뚝 설 수 있다고 굳게 믿게 되었다.

적잖은 나의 연시들은 남모르게 통곡하며 쓴, 내 눈물의 결정체들이다.

물소리를 꺾어 그대에게

*

전혀 예견치 못한 일이 일어났다. 1969년 가을 들 무렵부터 시를 쓰기 시작한 것이다. 평소 일기 한 줄 쓴 기억조차 없던 나였다. 가을이었는데 뜻밖에도 분홍바람이 들이닥쳐서 속을 이리저리 들쑤셔대었다. 이 바람을 어찌할 것인가 고민하다가 연필을 들었다. 돌파구가 곧 시를 쓰는 일이었던 셈이다. 쓰지 않고는 견딜 수 없었다.

한동안 구석진 자리에 앉아 무언가를 끊임없이 끄적거렸다.

*

1978년 겨울에 계간《시조문학》지를 통해 등단했다. 〈변조〉의 시인 류제하 선생의 권유 덕분이었다. 1976년 말 〈샘터시조〉에 입상한 것을 보고 책을 보내왔고, 추천 과정을 알려주었다. 난생 처음 보는 시조전문지였다.

1975년 대학 졸업 후 셋째 누님 댁에서 양계 일을 도우며 이따금 연호동 저수지를 산책했다. 살아있는 커다란 못물이 때로 사람의 목숨을 거두어 가 버려서 못가에 쓰러져서 울부짖는 한 여인을 보았다. 죽음은 그리 먼 곳에 있지 않았다. 인양선이 긴 장대로 진종일 깊은 물속 이곳저곳을 샅샅이 뒤지면서 이미 떠난 사람을 찾고 있었다.

삶과 죽음에 관한 몇 편의 시를 썼다.

*

1977년 늦은 봄 어느 날 지례 강둑에 서 있었다. 푸른 보리밭을 내려다보 았다. 저물 무렵 봇물에 피라미 떼 뛰는 모습을 바라보며 염소 울음을 들었 다. 여자 아이들이 긴 둑길을 힘차게 달리고 있었다. 바람에 검정머리카락이 부드럽게 날렸다.

가을 저녁에 다시 강둑에 올랐다. 마른 풀잎들이 흔들렸다. 그것은 곧 슬 픔이었다. 흔들리는 감나무 가지 사이로 노을이 지고 있었다. 먼 하늘을 보 았다. 나는 왜 여기 혼자 있는가. 스물넷 피 끓는 한 청년은 어쩌면 유배지와 같은 이곳 지례에서 대체 무엇을 하고 있는 것일까.

논둑길을 따라 집으로 향하는데 검은 눈망울의 아이들 몇이 인사를 하고 지나갔다. 멀리 산 밑 동네 아래 낡은 교사의 학교 지붕이 보였다.

*

낚싯대를 드리우고 찌를 바라보는 일은 인내를 요구했다. 그러나 마음에 안식과 평화를 안겨주는 일이기도 해서 무료를 이기기에는 안성맞춤이었다. 나도 피라미처럼 부단히 등빛을 퉁기어 올리고 싶었다. 무한의 검은 심연에 뛰어들었다가 무수히 솟구쳐 오르고 싶었다. '덧없다, 덧없다'라는 말이 입에서 자주 울려나왔다. 상류를 이미 놓친 조약돌을 밟아 보았다. 말을 마음껏 건네고 싶은 이가 있었으면 했다.

주위엔 아무도 없었고 겨울이 왔다.

*

우연하게도 박수근 화집을 한 권 얻었다. 놀라움 그 자체였다. 절구질 하는 여인, 굴비, 빨래터 등을 보면서 진정성 있는 삶에 대해 생각해 보았다. 소박하면서도 깊었다. 따사로운 인간애로 뭉쳐진 그림이랄까. 아무래도 빈 절구통일 듯했는데 등에 아기를 업은 아낙이 절구질을 하고 있었다. 애처롭기까지 한 인간애. 나는 대체 무엇을 하고 있는 것일까 하고 자책하다가 박수근에 관해 몇 편을 썼다.

가을이었다. 지례 마을에 짙은 안개가 끼었다. 간밤에 누군가가 죽었다는 전언과도 같은 아침안개 속을 걸으며 한 편의 시는 어떻게 도래하는 것인지 자문자답하고 있었다. 덤덤한 물맛을 떠올려 보았다. 쓸쓸한 바람, 막막한 울음을 따가운 볕살이 거두어 가지 않았더라면 안개 속으로 사라져 버렸을지도 몰랐으리라.

붓의 의미, 꽃의 무덤을 생각하면서 허공에 붓을 버렸을 때 저 홀로 활활 불타버리지 않을까 상상했다. 모든 이의 눈은 곧 꽃의 무덤인 것을 알았다.

＊

새 아파트로 들어섰다. 태어나서 처음 가져보는 내 집. 거실 한쪽에 벤자민을 키웠다. 아주 큰 나무였기에 받침대도 튼튼했다. 오직 한 사람을 생각했다. 어깨와 팔다리, 심장으로 천년의 받침대가 되고 싶었다. 마지막까지 남을 버팀목이고자 했다. 오랜 날이 지나고 난 후 벤자민은 사라지고 철제 받침대도 치워졌다. 사랑의 영원성을 꿈꾸었지만, 그것은 다만 꿈일 뿐이었던 것이다.

새로운 것을 얻고 싶었다. 아무도 쓰지 않은 최초의 시를 꿈꾸다가「아침반감」을 썼다. 꽃무늬 넥타이를 송진이 흘러내리는 소나무 가지에 매달아 보기도 하고, 겨울을 이기고 나온 밭두렁 뱀과도 만났다. 그 뱀은 내게 말했다. 네가 있을 곳으로 속히 가라고. 그 봄 나는 헤매고 있었다. 대낮에 일터가 아닌 낯선 산속을 떠돌고 있었다. 우듬지를 바라보다가 휴지조각인지 비둘기가 내려오는지 구별치 못하는 풀린 눈망울로 달포를 보냈다.

＊

천년은 길이라기보다 깊이라고 말한 이를 만났다. 내가 죽으면 그는 곧 말라죽을 사람이었다. 과연 그럴까? 죽지 않고서는 알 수 없는 일이라고 말할 수는 없었다.「별사」를 썼다. 쓴 이후 오랫동안 거들떠보지도 않았다. 말이 씨가 되는 예를 자주 보았기 때문이다.

천지가 환한 봄일 적에 사랑하는 이의 품에서 고이 숨을 거두는 사람이 가장 행복하지 않을까. 마주 앉아서 눈빛으로 천년을 함께 할 수 있다면 그것은 이미 사랑 너머 일일 것이다.

*

한 달에 한 번씩 고도 경주를 찾는다. 기다리는 사람이 있어서가 아니다. 아니 전혀 없는 것도 아니다. 30여 년 전 4월 통일전 마당에는 자목련이 흐드러져 있었다. 그해 그 꽃의 존재를 처음 알았다. 자목련과 천년의 산비탈의 조합은 그렇게 해서 나왔다. 지금도 경주 가는 길은 설렌다. 차창 밖으로 지천인 복사꽃을 바라보면서 숨이 가쁠 지경이니, 나는 아직도 무장 젊은가 보다.

숯을 생각한다. 불길에 활활 타오르는 숯, 내 속과 흡사한 숯. 한때 아버지는 숯을 구워서 장에 가서 팔았다. 그러니까 나는 숯 굽는 사람의 아들이자 밭 가는 농부의 아들이다. 또한 나무꾼의 아들, 옛 이야기꾼의 아들이기도 하다. 그뿐이랴. 일본 탄광 광부의, 십장의 아들이기도 하다. 아버지가 광산 입구 사무실에서 양복을 입고 찍은 사진을 나는 한때 가지고 있었다. 일본에서 태어난 셋째 누님 사진첩에서 몰래 가져온 것이었다.

가끔 숯을 볼 때마다 신라 사람들을 떠올리며 다시 천년을 꿈꾼다. 그의 그림자가 재가 되고 그 잿더미 속의 내 그림자가 홀연 불씨로 이는 천년의 광망을 꿈꾼다. 그것은 아무래도 불멸이다. 맨발로 녹슨 못을 디뎌밟고 가는 이의 뒷모습이기도 하다.

함박눈이 거침없이 내리는 저녁.

*

강둑에 달맞이꽃이 노랗게 피어 있다. 말없는 여인처럼. 여인의 눈빛 속으로 차디찬 강물이 흐를 때 네 이마도 산도록하리라.

이룰 수 없는 만남이 이루어 놓은 고요는 아무도 바라지 않는 일이다. 그 일이 일흔 해를 넘겼는데 실마리가 풀리지 않다가 이제 얼마간의 기미가 보인다. 그 얼마나 오랜 세월을 피 흘리며 세운 고요인가.

돌을 버리고 무지개다리를 세울 때까지는 아직은 요원하다.

*

누가 누구에게 무엇을 바친다는 말인가. 꽃을, 마음을 꺾어 바치겠다고?

물소리를 꺾어 바치겠다고 말한 이가 예전에 있었다. 어처구니없는 일이다. 꺾을 수 없는 것을 꺾겠다니, 그 무슨 만용인가. 거기에다가 물줄기를 자신의 뼈대라고 명명한다. 결국 목숨을 꺾어 바치겠노라는 말이다.

어리석게도 산화를 꿈꾸는가. 완전한 연소를 좇는가. 무수히 꺾인 후에야 사랑을 이룰 수 있기에 저문 날 모든 뼈대는 물소리를 내고 있다고 완강하게 외친다.

기겁할 일이다.

*

    나지막한 어느 산비탈 양지쪽 한 곳에 낡삭은 나무의자가 있었다. 그곳에 다소곳이 그가 앉아 있었다. 긴 머릿결이 이따금 바람에 흩날릴 때 아카시아 향기가 번져왔다. 그곳에 꽃보다 먼저 당신이 왔노라고 노래하던 한 사내가 서 있었다. 곧 애달픈 노랫소리가 들려왔다. 하늘 어디에선가 눈물방울 떨어지는 소리가 났다.

    서른 몇 해 전의 일이다.

*

    한겨울 그리움의 문고리를 잡으면 함께 얼어붙어서 떨어지지 않는다. 그는 곧 그 방, 그 집과 한 몸이 되어 버린다. 그의 노래보다 먼저 산을 넘은 이가 있어, 그대가 거처하고 있는 오두막집이 있어 그는 그대를 찾아 나서곤 한다.

    몇 백 년은 족히 지났을 성싶은데 아직 만났다는 기별은 없다.

*

    미치고 싶은 날은 단풍 숲에 잠길 일이다. 노래가 시작되었는지 끝났는지 다시 시작되고 있는지 알 길 없는 숲속, 첼로가 바흐를 연주하는 곳, 미치려다가 미치기를 그치고 음악이 된 한 사람, 그곳에 그는 아직도 머물고 있는가.

*

금빛잉어는 늘 내 영혼 속을 유영한다.

미명, 혼미, 어질머리, 불가해.

금빛잉어의 표상이다. 내 안에 노니는 금빛잉어로 말미암아 나는 영원의 저편을 바라보곤 한다.

*

나는 희구한다. 검푸른 무한의 심연을, 그 한복판에 박힌 불꽃을 희구한다. 열 번도 더 다녀온 바이칼 호수에는 무한의 심연이 있다. 네 속에도 그런 깊음이 있다. 두렵고 떨리는 일이다. 황홀한 일이다.

*

방아깨비가 마지막 숨을 몰아쉰다. 빈집 녹슨 철문이 바람에 비걱거린다. 아궁이 불이 식은 지 여러 날. 단독자. 독거의 길. 손을 내밀어 본다. 바람이 스치고 지나간다.

*

관이 내려가고 있었다. 보드라운 붉은 흙구덩이 속으로 억새꽃이 흔들리고 사내의 어깨가 흔들리고 햇살도 시간과 더불어 함몰을 맞는 때.

선산 무을 언덕에 평화가 몰려왔다. 유난히 붉은 노을과 함께. '잘 가세요, 잘 가세요' 흙을 덮으며 인사를 건넬 때 '나는 단잠에 들었노라.'라는 그의 남저음 목청이 울려왔다.

다시 억새꽃이 흔들리고 있었다.

*

증기기관차를 불러내고 싶다. 추억 속의 철로 위로 아득히.

다섯 살 때였던가. 영천 대내실 외가에서 돌아오는 한밤중 커다란 나무대문 앞에 섰다. 나는 작은누이 등에 업혀 있었다. 어머니의 외침 소리에 삐거덕 대문이 열리고 짚단 횃불을 손에 높이 든 부부가 나타났다. 휘황찬란한 짚단 횃불, 어둠이 연이어 따닥따닥 타고 있었다.

어머니, 누이 둘, 나, 보리쌀 한 자루.
집에서 이십여 리 떨어진 고갯마루 부근 마을.

증기기관차를 불러내고 싶다.

그날의 짚단 횃불도.

*

무엇인가를 꿰뚫고자 하는 동안은 늙지 않으리라. 자목련 환한 그늘 아래 있는 동안은 늙지 않으리라. 나무가 우는 소리를 듣는 동안은 늙지 않으리라. 상한 부위를 곧장 파내어 버리면 늙지 않으리라. 침묵이 되기를 기뻐하는 동안은 늙지 않으리라. 기막힐 일 숨 막힐 일을 견디고 나면 늙지 않으리라. 내리는 별빛을 덮고 잠들기를 기뻐하면 늙지 않으리라. 누군가를 애절히 그리워하고 있는 동안은 결코 늙지 않으리라.

벼루의 밑바닥까지 내려간 시

*

일생동안 시인은 벼루 네댓 개의 밑바닥과 맞닥뜨려야한다고 나는 믿고 있다.

벼루의 맨 밑바닥까지 꿰뚫는 시.

*

원…….

내 사랑하는 사람과 사물의 일생! 나는 여러 해 전 우연찮게 원융 이미지에 관심을 가지게 되었다. 우리 것의 숨결과 향기, 빛과 그림자를 좇던 길에 마주친 것이다.

우선 이들을 불러 모아 보니, 100여 점쯤 되었다. 머리맡에 두고 삭히기를 몇 해, 한두 편씩 틀을 만들어가면서 정신적인 수맥의 한 물줄기를 비로소 제대로 틀 수 있지 않을까 생각했다.

*

시에 무슨 군말의 덧붙임이 필요하랴만 한 시인의 정신적인 궤적을 추적하는 길에 때로 그의 산문은 필요한 법이다. 흔히들 시집을 받고 어렵다는 반응을 적잖이 보인다. 일선학교에서 문학교육을 담당하는 이들조차도 이해하기 힘들다는 이야기를 자주 한다. 물론 시는 이해 이전의 세계이긴 하지만. 그럴 때 그들에게 나는 말한다. 시인의 의식 수준을 좇는 공부를 하라고. 하지만 곰곰이 생각해 본다. 일반 독자들이 접근하기 힘든, 읽히지 않는 시를 쓰고 있지나 않은지? 여러 해 전 어떤 잡지에 제목을 따로 붙인 비교적 긴 시작노트를 실은 적이 있다. 그런데 몇몇 사람들이 좋은 시를 잘 읽었노라고 말했다. 시가 아니고 시작 노트인데, 라며 말끝을 흐리니까 그래요 시나 다름없던데요, 선생님의 시조보다 더 잘 읽히던 걸요, 했다. 물론 어떤 시를 두고 정감을 담은 줄글로 자세히 풀어쎴으니 그럴 수밖에 없었으리라.

그런 까닭에 시인의 산문은 사족이라기보다 시를 깊이 있게 감상하는데 이따금 도움이 되는 것이다.

*

「원에 관하여」로 제한 일련의 작업들을 통해 오늘의 우리를 있게 한 사물들이 품고 있는 존재의 의미를 천착해 보려고 했다. 때로 그것들을 사용하면서, 먼발치서 바라보면서, 그들과 함께 호흡하면서 이적지 살아왔으므로.

　　활 삽 호미 괭이 쟁기 낫 도끼 톱 코뚜레 쇠뿔 붓 벼루 강강술래 떡살 절구통 기와 박 대바구니 바가지 은장도 얼굴무늬수막새 상평통보 청자 백자 인두 골무 족두리 배흘림기둥 연적 놋요강 우물 시렁 등잔 맷돌 구들장 디딜방아 떡메 옹기 아궁이 가마솥 문고리 초가지붕 지게 지게작대기 부지깽이 꽹과리 장구 북 징…….

　　몸을 낮추어야
　　속살 파헤쳐지는 것을

　　저렇듯 긴 이랑 땀방울로 적시기까지

　　쪼그려
　　앉은 그대로
　　뻗어 나가야 하는 것을
　　　　　　　　　　　　　　　　　　－「호미」 전문

　　얼어붙은 땅을
　　파 본 사람이면 안다

　　삽자루가 가슴팍에 들이치듯 부딪칠 적마다

삽날에
불꽃에 튀듯
마음에 솟는 화염을

– 「삽」 전문

힘껏 내리찍는
옹골찬 어깨에 실려

청석에 부딪쳐 푸른 불꽃 터뜨리는

언 땅에
봄빛 흩으며
실한 씨 흩뿌리는

– 「괭이」 전문

속살 드러내며 젖은 흙 뒤집힐 때
가슴골을 깊숙이 파 들어갈 일이다

몸속의
피의 길도 이 봄
거꾸로 흐르고 흐를

– 「쟁기」 전문

삶이 둥글어야 함을 너는 말하고 있다

때로는 뚫려야 함을 너는 말하고 있다

세상을
줄줄이 꿰어
흔들어 보겠느냐

- 「상평통보」 전문

세상을 가리키기에 너만 한 것 있으랴

세상을 떠받치기에 너만 한 것 있으랴

세상을 두드리기에 너만 한 것 있으랴

- 「지게작대기」 전문

오늘날 이 땅에 발붙이고 사는 그 누구인들 이들로부터 자유로울 수가 있을까. 우리의 몸과 영혼을 직조해낸 눈물겹고도 아름답고 아픈 이 모든 것들로부터! 이들에게 에워싸여서, 때로 이들을 다독이고 어루만지면서 얼마나 많은 한숨과 눈물을 흩뿌렸던가. 또 그 얼마나 많은 기쁨과 보람의 볏단이며, 꽃묶음을 부둥켜안았던가.

*

등단 이후 나는 줄곧 내용과 형식을 아우르는 면에서 실험 정신을 견지해

왔다. 눈앞의 성패를 떠나 부단히 새로운 길을 모색해 온 것이다.

일찍 늙는다는 것은 시인이 가장 경계해야 할 적이다. 안주나 자족은 종언을 말한다. 그런 점에서 팔순을 넘어서도 왕성한 창작열을 불태운 대여 선생이나, 칠순을 넘긴 후에도 시와 산문에서 또 다른 경지를 열어 보인 허만하 시인은 한 전범이 되고도 남으리라 본다.

*

이 길에 부름 받았기에 빚진 자다. 빚을 갚을지언정 얼마나 갚겠는가? 종내 다 갚을 수 없을지라도 노래의 길에 긴장의 고삐를 결코 늦출 수는 없다. 팽팽한 활시위를 어찌 함부로 놓겠는가.

내가 노래한 시편들이 항시 형형한 눈빛으로 내 영혼에 불화살을 쏘고 있는 것을 나는 똑똑히 보고 있다. 그렇기에 늘 붓을 곧추세운다. 벼루에 정한 물을 띄워 먹을 갈고 간다.

그 밑바닥이 드러날 때까지 면면히.

청령포
– 단종 생각

뇌리에 박힌 섬 지워버릴 수가 없듯 그 섬을 지키는 노송 우러를 수밖에 없듯 목선에 실려 온 세월 젖어 더욱 시리다

물 위에 뜬 섬은 꿈쩍도 못하고 만의 닻으로 붙들어 매여 꿈쩍도 못하고 강물은 아랑곳없이 저문 벼랑 푸르게 친다

홀로 떠나는 길 서걱거리는 억새 숲 강물에 죄다 쏟아버릴 수는 없어 그 슬픔 뱃전에 어린 노을로 타오른다

돌 자갈 무수히 바스러져 흩날리듯 온천지 가득히 함박눈 뒤덮던 날 저 홀로 울음 우는 섬 즈믄 산을 넘는다

–「청령포」전문

다음은 청령포에 대한 방민호 문학평론가의 평가다.

비운의 국왕을 기리는 화자의 내면의 정조가 시조 정형률 속에서 기품 있게 흐르고 있음을 확신할 수 있다. 시적 대상이 지닌 상처와 고통을 화자의 웅숭깊은 목소리로 내면화하는 양상을 보이고 있으며, 이는 한국 전통의 시조 미학을 일층 깊이 있게 개척해 나가고 있는 이정환 시조시인의 문학적 성취를 십분 수긍하게 한다.

일평생 훈민정음의 음덕으로 글을 썼다. 쓰는 것이 곧 사는 것이었다. 그래서 3장의 시조로 자아와 세계를 고누고 꿰며 박음질하는 일은 항시 소중한 일상이자 목숨과도 같은 과업이었다.

중학교 시절 국어시간에 『말본』이라는 책으로 공부한 것이 생생하게 기억난다. 날틀도 배우고 이름씨, 큰이름씨라는 명칭을 익히면서 신기했다. 저자가 외솔 선생이었다. 그때부터 우리말의 아름다움에 관심을 기울이기 시작하면서 시를 썼다.

「청령포」는 근작이 아니다. 오래 전 다녀와서 메모해 둔 노트가 어느 날 내 눈 앞에 펼쳐졌다. 연필로 썼는데 또렷했다. 한 자도 보태거나 뺄 것이 없었다. 아, 이런 명확한 감상 기록을 해놓았구나. 그런 생각에 사로잡혀 있다가 2021년 《시조미학》 봄호에 발표했다. 영영 만나지 못할 뻔한 구고가 서가 정리를 하는 중에 발견된 것은 행운이다. 미처 헤아리지 못할 일은 그렇게 별안간 찾아오는 것인가 보다.

무언가 부단히 적는다는 일은 이토록 소중한 것이다.

한껏 솟구쳐 올랐기에
긴 비상이 가능했던 눈부신 연대
– 나와 1980년대를 말한다

*

1980년대라고 혼자 되뇌어본다. 참으로 막막했던 시절이었다. 별안간 소설가 조해일, 박범신과 시인 곽재구의 얼굴이 떠오른다. 중앙일보 신춘문예 시상식장에서 처음 만나 술잔을 나눈 이들이기 때문이다. 20대 중후반 몇 번의 쓴 잔을 마신 끝에 1981년 당선이 되었다. 차돌을 씹어도 소화해낼 것 같았던 피 끓는 젊음으로 막막함과 두려움, 캄캄함을 용케 이겨내던 시절이었다.

　20일 하오 3시 시상식 있음 상경 바람

　수신 즉시 전화요망 중앙일보 문화부

　81년 1월 17일 지례우체국에 눈 오던 날

–「전보」 전문

얼마 전 사진첩을 정리하다가 한 장의 전보를 발견하였다. 놀라웠다. 이것이 아직까지 내 수중에 있다니! 1981년 1월 17일 중앙일보사 문화부에서 경북 금릉군 지례초등학교로 발송한 전보였다. 초장과 중장은 전보 전문 그대로다.

우리 시조문단에서 1980년대는 아주 중요한 시기였다. 기라성 같은 걸출한 시인들이 대거 출현한 연대였기 때문이다. 저변이 깊어지고 더욱 넓혀지면서 괄목할 만한 작업을 보인 시인들이 많다. 이들이 중심 흐름을 견인하고 있다. 경향각지에서 중요한 단체의 대표로, 시조전문지나 시전문지의 주간으로 혹은 대학 강단에서 시조이론을 가르치는 교수로 왕성한 활동을 펼치고 있고, 무엇보다 좋은 작품을 생산하여 시조가 현대문학의 한 장르로서 우뚝 서는데 적잖은 역할을 해 왔다.

특히 동인활동을 빼놓을 수 없다. 노중석 문무학 민병도 박기섭 이정환이 함께 '오류동인'을 결성하여 10여 년간 10권의 동인지와 한 권의 선집을 내며 1980년대 중반부터 1990년대 중반까지 맹활약한 점이다. 단순히 동인지를 발간한 것이 아니었다. 그 때 그때마다 중요한 논쟁거리를 특집으로 기획하여 세상에 널리 문제 제기를 한 것이다. 그 파장은 컸다. 동인 모두가 불화살 맞을 각오로 시조문단을 깨운 일들을 해냈다. 작은 혁명이었다. 그 당시 '80년대 동인'들의 활동도 시조문단에 신선한 바람을 불러일으켰다. 오류동인과 함께 양 축이 된 셈이었다.

1990년대 들어 시작된 '역류동인'은 지금 눈부신 활약을 펼치고 있다. 그 이름에서 연상이 되듯 '오류동인'의 맥을 잇는 측면이 강하다. 전국적으로 모인 13인의 동인들이 금년부터는 동인지를 부정기간행물로 펴내어 혁신적인 새 출발을 모색 중이다. 그밖에도 2010년대에 들어와서 다수의 동인활동이 전개되고 있는 것은 1980년대의 '오류동인'과 '80년대동인'이 그 밑거름이 되었을 것이다.

또 한 가지 특기할 사항이 있다.《중앙일보》의 시조 사랑과 월간지《샘터》

시조 모집이다.《샘터》는 1970년대 중반부터 시조를 모집하여 지금까지 그 맥을 이어 오고 있으며, 시조문단에서 활약하고 있는 많은 이들이 샘터시조를 거쳐 간 것으로 알고 있다. 그러니까 등단 이전의 트레이닝 코스로 아주 멋진 과정이었던 것이다.《중앙일보》에서는 1970년대에 중앙시조 지면을 만들어 작품을 싣다가 1980년대 들어와서 본격적으로 시조 지면을 할애하여 작품들을 뽑아 싣고, 상을 주었으며 현재는 신춘문예 대신에 화려한 등단 과정으로 정착되어 많은 신인들을 배출하고 있다. 시조시인이라면 이 지면에 한두 번 내어보지 않은 이가 없을 것이다. 특히 1990년대 들어 중앙시조 백일장이 활성화되는 데 현재 문학평론가로 왕성하게 활동하고 있는 이경철 전 문화부장의 공헌이 지대하였다. 시조시인보다 더 시조를 사랑해온 그의 열정과 노력을 시조문단은 특별히 기억해야 할 것이다.

나는 생각한다. 이미 30년 세월 저쪽으로 사라진 지난 1980년대는 사라진 것이 아니라 크고 작은 탑을 쌓아올린 황홀한 연대였다고. 그야말로 경향각지의 고수들이 연해 곳곳에서 한껏 솟구쳐 올랐기에 오늘날까지 긴 비상이 가능했던 눈부신 연대였다고. 20대에 등단한 이들은 50후반 머리 희끗희끗한 연조에 이르러 시조문단의 지도급 인사들로 자리를 잡았다. 하지만 우리는 분명히 기억한다. 1970년대의 선배들이 여러 가지 면에서 길을 닦고, 길을 열고, 기반을 조성하여 주었기에 눈부신 1980년대는 가능했다는 것을. 때로 선각자 같이, 때로 순교자적인 모습으로 시조문학의 저변 확대와 양적·질적 향상을 위해 애쓴 1970년대 선배들이 있었기에 1980년대는 비교적 쉽게 안착하면서 모두들 뜨겁게 열정을 불태울 수 있었다는 것을.

이제 1980년대 시인들이 주역이다. 중심이다. 그러므로 막중한 책임감을 가지고, 더 좋은 작품으로 본을 보이고, 후학들을 지도해야 할 것이다. 그렇지 아니 하겠지만, 대접을 받고자 하고 더 얻으려고 하는 생각들을 버리고 진정으로 시조문단의 발전과 미래를 위해 헌신할 연대다. 그만큼 혜택을 입었으니 이제 돌려주어야 할 때다. 각자 자신이 속한 지역에서 그 몫을 다한다면 우리 시조가 세계에 내놓아도 손색이 없는, 세계인이 사랑하는 시가 되어 널리 읽히고 노래로 불려지고, 외국인들이 즐겨 창작할 수 있는 시가 되리라 믿는다.

*

나는 시조 전도사임을 자칭한다. 세상에 널리 시조를 알리기 위해 여러 해 전 '@로 여는 이정환의 아침 시조'를 전자메일로 전 세계의 1000여명의 수신자들에게 날마다 1년 가까이 배달하였다. 그리고 책으로 묶었다. 사람들을 모아 가르치는 일도 오래 하였다. 그런 와중에 뜻하지 않는 몇 번의 곤혹스러운 일도 겪었다. 그러나 나는 그 모든 것을 극복했다. '어떤 사명감에서'라고 말한다면 지나치게 거창할 것이다. 그저 내가 좋아서 한 것이었고, 지금도 하고 있을 뿐이다.

후학 없이 '앞서간 나'는 없다. 뒷사람을 육성하여야 앞사람의 업적도 빛이 난다. 이어감은 그만큼 중요하다. 고려 말에 우탁과 같은 학자가 없었더라면 오늘날 이 급박하게 돌아가는 첨단정보화 시대, 우주 개척시대에 그 누가 한글로 시조를 쓰고 앉았겠는가. 때로 밤을 새우겠는가.

시조가 얼마나 멋진 시의 한 갈래인지, 한 편도 써 보지 않은 사람은 결코 알 수가 없다. 대한민국에 태어나서 우리말을 하고 쓰는 이가 시조 한 편 써 보지 않고 종언을 맞이하였다면, 그는 어떤 의미에서 일평생 동안 직무유기를 한 것이다. 나는 그렇게 굳게 믿고 있다.

6년간 대구시조시인협회장을 맡아 화요시조창작교실을 열었다. 내부강사 뿐만 아니라 외부강사로 시인, 소설가, 작곡가, 신문사 논설위원 등을 강사로 초빙하여 내실 있는 창작의 현장이 되도록 힘썼고, 수강생 중에는 각종 공모전에 다수 입상 하는 등 눈에 보이는 결실을 거두었다. 수료한 이들이 재수강하는 경우도 많고, 몇 개의 그룹이 만들어져 자체적인 모임을 가지며, 시조 창작에 매진하고 있다. 몰라서 그렇지 실제로 시조에 관심을 가지고 있는 이들이 각계각층임을 알 수 있었다. 수강생 중에 전직교사와 교장, 목사, 수사, 한의사, 공무원, 대학생 등 구성원들이 다채로웠다.

이들이 모두 시조시인이 된다는 보장도 없고, 그렇지 않다고 말할 수도 없다. 그러나 평일 저녁에 먼 곳에서 찾아와서 열정을 보이는 것은 그만큼 시조가 그들의 삶을 윤택하게 하고 새로운 활력이 되기 때문이다.

*

다함께 드높이 솟구쳐 올랐기에 오늘날까지 긴 비상이 가능했던 눈부신 1980년대를 돌아보면서 최근에 등단한 신진들의 창작 열정을 지켜본다. 그들은 우리 연대보다 더 많은 공부를 하고, 더 젊은 의식과 비전을 가진 역량 있는 시인들이다. 이제 많은 부분들이 1990년대와 2000년대 그리고 2010년대 이후로 등장한 시인들의 몫이 되었다. 그러므로 1980년대는 개인적 창작과 더불어 서포터 역할에도 충실해야 할 것이다.

눈부시도록 아름다웠던 1980년대여, 한국시조문학사에서 영원히 빛날지니……

아버지의 두꺼비가 누이의 두꺼비로다!

*

두꺼비는 왠지 정감이 간다. 비 개인 날 마당을 가로질러 가거나 섬돌 위로 오르는 두꺼비를 본 적이 자주 있다. 징그럽다거나 무섭다는 생각은 전혀 들지 않고 사랑스러워 보여서 말을 걸고 싶을 때가 많다. 이름에서 풍기는 그대로 두꺼비는 두텁다. 우직한 느낌이다. 느릿느릿 이동하는 그 모습은 그야말로 천하태평이다. 평생을 농사일로 험하게 된 농부의 손등 같은 등판을 볼 때마다 정겹다.

*

더터비, 두텁, 둗거비라고도 하고 한자로는 섬여蟾蜍, 섬제詹諸, 나하마癩蝦蟆 등으로 불린다. 머리는 폭이 길이보다 길고 주둥이는 둥글다. 등에는 불규칙한 돌기가 많이 나 있으며 돌기의 끝은 흑색이다. 몸통과 네 다리의 등 면에는 불규칙한 흑갈색 또는 적갈색 무늬가 있고, 배는 담황색으로 돌기가 나 있다. 주로 저산지대의 밭이나 초원에 서식한다. 산란기인 봄이 되면 연못에 모여들어 집단번식을 하며, 장마 때는 인가로 모여든다. 먹이는 주로 곤충의 유충을 먹으며 육상달팽이, 노래기, 지렁이 등도 먹는다.

두꺼비에 관한 기록은 비교적 일찍부터 나타난다. 《삼국사기》 신라본기에는 애장왕 10년 6월에 개구리와 두꺼비가 뱀을 먹는 사건이 기록되어 있고, 백제본기에는 의자왕 20년 4월에 개구리와 두꺼비 수만 마리가 나무 위에 모였다는 기록이 있다. 《삼국유사》에도 지장법사가 가져온 사리와 가사를 지키는 동물로 기록되어 있다. 이처럼 두꺼비는 나라의 흥망을 나타내는 조짐으로, 또는 불보佛寶를 보호하는 신령스런 동물로 기록에 나타나고 있다. 민간에서는 두꺼비가 나오면 장마가 든다고 하고, 두꺼비를 잡으면 죄가 된다고도 한다.

또한 아이들은 흙 속에 주먹을 묻고 집을 짓는다고 하며 두꺼비에게 헌집 줄 게 새집 달라는 내용의 노래를 부른다. 그러니까 두꺼비는 많은 우화·민담·민요 등의 주인공이 되어서 의뭉하고 둔하면서도 슬기롭고 의리 있는 동물로 형상화되고 있는 것이다.

대구 지역에서도 수성구 욱수골은 두꺼비 집단 서식지로 널리 알려져 있고, 보호를 위해 다각도로 힘쓰고 있다. 다음은 몇 해 전 신문에 난 두꺼비에 관한 기사다.

전국 최대 규모의 두꺼비 산란지인 대구 수성구 욱수동의 망월지에서 지난 4일부터 두꺼비들이 산란을 위한 이동을 시작했다. 한때 환경파괴로 사라질 위기에 처했던 망월지에는 매년 2월 중순에서 3월 초 산란기를 맞은 3천여마리의 두꺼비 떼가 모여들며 이중 300여 쌍 정도가 산란에 성공한다. 망월지의 두꺼비 알들은 5월 중순에서 6월 초에 부화하며 이때 200만~300

만 마리의 새끼 두꺼비들이 망월지에서 서식지인 욱수골로 돌아가는 경이로운 장면을 연출한다. 망월지는 2010년 한국내셔널트러스의 '꼭 지켜야할 자연유산'으로 선정됐으며, 올해엔 대구시와 수성구청 주관 아래 수변생태공원으로 조성될 예정이다. 장윤경 대구경북녹색연합 사무처장은 "기후변화와 지구온난화로 양서류의 서식지와 산란지가 급감하고 있다"며 "매년 수백만 마리의 새끼 두꺼비가 이동하는 광경을 볼 수 있는 망월지가 생태적으로 소중한 공간으로 인정받아야 한다."고 강조했다.

우리 지역에 이처럼 두꺼비들의 집단 서식지가 있다는 것에 주목하지 않으면 안 된다. 단순한 관심이 아니라 생태학적 애정으로 살필 일이다.

*

우리 고시조에는 다음과 같은 사설시조가 있다. 고등학교 국어 교과서에 오랫동안 수록 되었던 작품이라 비교적 널리 알려져 있다.

두터비 파리를 물고 두험 우희 치다라 앉아 건넛산 바라보니 백송골이 떠 있거늘

가슴이 금즉하여 풀덕 뛰어 내닫다가 두험 아래 자빠졌구나

모처라 날랜 낼시 망정 어혈질 뻔 하괘라
          – 작자 미상, 「두꺼비 파리 물고」 전문

두꺼비가 파리를 물고 거름더미 위에 뛰어 올라가 앉아서 건너편 산을 바라보니 날쌘 흰 송골매 한 마리가 떠 있는 것을 보고 가슴이 섬뜩하여 펄쩍 뛰어 내달리다가 거름더미 밑으로 나자빠진다. 그러면서 혼자 중얼거린다. '다행히도 동작이 날랜 나이기에 망정이지 하마터면 어혈질 뻔 했구나.'하고. 이 시조는 조선후기 탐관오리의 횡포를 풍자한 전형적인 사설시조다. '파리' 는 서민을, '두꺼비'는 지방 관리들을, '송골매'는 큰 권력을 가지고 있는 중앙의 관리들을 비유한 것이라고 볼 수 있다.

인간의 계층단계와 비리를 동물의 약육강식으로 풍자하고 있는데 제시하고 있는 장면이 매우 구체적이고 실감실정 그대로다. 만일 형식이 사설시조가 아니라면 이러한 맛을 내기가 어려웠을 법하다. 이 작품은 시대를 초월하여 공감대를 형성하고 있다. 좋은 작품은 이렇듯 시공간을 초월하여 존재하는 것이다.

*

두꺼비에 관한 현대시를 한 편 보도록 하겠다. 읽으면 읽을수록 묘한 작품이라는 것을 거듭 확인하게 된다. 가슴 속으로 저미어드는 메시지가 예사롭게 읽히지를 않는다.

아버지는 두 마리의 두꺼비를 키우셨다.
해가 말끔하게 떨어진 후에야 퇴근하셨던 아버지는
두꺼비부터 씻겨 주고 늦은 식사를 했다.

동물 애호가도 아닌 아버지가

녀석에게만 관심을 갖는 것 같아 나는 녀석을 시샘했었다.

한번은 아버지가 녀석을 껴안고 주무시는 모습을 보았는데

기회는 이 때다 싶어 살짝 만져 보았다.

그런데 녀석이 독을 뿜어대는 통에

내 양 눈이 한동안 충혈 되어야 했다.

아버지, 저는 두꺼비가 싫어요.

아버지는 이윽고 식구들에게

두꺼비를 보여주는 것조차 꺼리셨다.

칠순을 바라보던 아버지는

날이 새기 전에 막일 판으로 나가셨는데

그 때마다 잠들어 있던 녀석을 깨워 자전거 손잡이에 올려놓고 페달을 밟았다.

두껍아 두껍아 헌집 줄게 새집 다오.

아버지는 지난겨울, 두꺼비집을 지으셨다.

두꺼비와 아버지는 그 집에서 긴 겨울잠에 들어갔다.

봄이 지났으나 잔디만 깨어났다.

내 아버지 양 손엔 우둘투둘한 두꺼비가 살았었다.

- 박성우,「두꺼비」전문

아버지가 키우신 '두 마리의 두꺼비'는 강한 상징성을 가진다. 시의 문맥으로 볼 때 정말 두꺼비를 키우는 것으로 여길 법도 하다. '해가 말끔하게 떨어진 후에야 퇴근하셨던 아버지'는 '두꺼비부터 씻겨 주고 늦은 식사'를 늘

하였다. 아버지는 '동물 애호가'가 아니었다. 아들이 볼 때 '녀석에게만 관심을 갖는 것 같아 녀석을 시샘했'을 정도다. '한번은 아버지가 녀석을 껴안고 주무시는 모습을 보았는데/ 기회는 이 때다 싶어 살짝 만져' 본 적도 있다. '그런데 녀석이 독을 뿜어대는 통에 내 양 눈이 한동안 충혈'될 지경이었다. 그래서 아들이 하는 말 "아버지, 저는 두꺼비가 싫어요."였다. 그 이후 '아버지는 식구들에게 두꺼비를 보여주는 것조차 꺼리'게 된다.

이때까지도 두꺼비는 정말 두꺼비인 듯하다. 그런데 다음 대목에서 감이 온다. '칠순을 바라보던 아버지는 날이 새기 전에 막일판으로 나가셨는데/ 그 때마다 잠들어 있던 녀석을 깨워 자전거 손잡이에 올려놓고 페달을 밟았다.'라는 표현이 바로 그것이다. '아하, 두꺼비는 곧 아버지의 손등이구나'하고 그제야 알아차리게 되는 것이다. 그러면서 시의 화자는 다음과 같은 전래 동요를 시에 도입한다.

두껍아 두껍아 헌집 줄 게 새집 다오.

그리고 그의 아버지는 지난겨울, 두꺼비집을 지으신 다음 두꺼비와 아버지는 그 집에서 긴 겨울잠에 들어 가고야 만다. 그렇기에 '봄이 지났으나 잔디만 깨어'난 것이다. 시의 마지막 줄은 '내 아버지 양 손엔 우둘투둘한 두꺼비가 살았었다.'라고 과거완료형 문장으로 끝맺는다. 이 대목에서 독자의 콧등은 짠해진다. 가슴 뭉클하게 된다. 아버지의 신산의 일생이 클로즈업되어 눈앞을 한참 흐리게 하는 것이다.

두 마리의 두꺼비와 더불어 아버지는 영영 돌아올 수 없는 길을 떠난 것이다.

어느 염천의 날, 군위군 산성면 화본역사에 키 큰 달맞이꽃들이 줄지어 피어 있었다. 그것을 본 아내가 느닷없이 "달 필 때"라고 읊조리다가 스스로 한 말에 깜짝 놀라워했다. 함께 한 이들도 곧장 뒤따라 "달 필 때!"라고 소리쳤다.

느닷없이 일어난 일이었다. 시를 쓰는 사람과 더불어 마흔 해 가까이 살다가 보니 불현듯 입에서 그러한 구절이 나올 만도 하겠지만 그래도 그렇지 시인도 감히 생각하지 못했던 뜻밖의 구절 "달 필 때"라니! 함께 한 모든 이들도 이 예상 밖의 정황에 탄복을 했다.

그 순간 청도군 풍각면 수월리 마을이 떠올랐다. 다음은 수월리 뒷산을 산책하던 어느 달밤에 본 이채로운 장면이다.

붉은
바위 틈서리
한 마리
두꺼비 등에

달빛
내려앉고
달맞이꽃
내려앉아

두꺼비

바위가 되고

바위는

두꺼비 되고

- 「달 필 때」 전문

붉은 바위 틈서리에 두꺼비 한 마리가 웅크리고 앉아 있었다. 달밤이어서 두꺼비 등에 달빛이 내려앉아 은은했다. 그 주변에는 달맞이꽃이 많이 피어 있었고, 노란 꽃잎들이 간간이 떨어져 쌓여 있었다. 한참 동안 바라보고 있어도 두꺼비는 꼼짝달싹도 하지 않았다. 그 순간 무아지경에 빠져 드는 느낌이 들면서 바위가 두꺼비인지 두꺼비가 바위인지 혹은 내가 바위인지 혹은 한 마리의 두꺼비가 되어 버렸는지 모를 지경에 이르렀다. '달 필 때'였기 때문에 가능한 시적 정황이 아니었나 싶다.

그날 그 두꺼비는 지금쯤 어디에서 숨 쉬고 있을까. 그때처럼 그곳에는 달맞이꽃이 필 것이고, 달빛이 내려앉을 터인데 정작 주인공인 그 두꺼비는 다시 그 곳을 찾을까. 아니면 어느덧 한 줌의 흙이 되어 박성우 시인의 시 「두꺼비」에 나타난 두 마리의 두꺼비처럼 아버지의 무덤 속으로 들어가 버린 것은 아닐까? 그런 부질없는 생각을 잠시 해본다.

*

두꺼비는 상서로운 양서류다. 언제 만나도 가까이 다가가 조곤조곤 이야기 나누고 싶은 커다란 눈망울을 가지고 있고, 돌기 돋은 두터운 등은 가만가만 두드려 주고 싶다. 손바닥 위에 올려놓고 마주 보고 눈싸움을 하고 싶다. 그만큼 정겨운 동물이다.

두꺼비는 박성우 시인의 아버지 손등이다. 아니, 경북 군위군 고로면 낙전동 산 아래 첫 동네 싸리밭골을 아직도 지키고 있는 팔순을 바라보는 월순 큰 누님의 손등이기도 하다. 일평생 밭농사로 삭정이 같은 흙손이 된 누님의 두 손을 오랫동안 쓰다듬어 본 기억이 있다.

정말 그 손등은 두툼한 두꺼비였다.

시스루의 시

– 이숙경 지음

*

2000년 9월, 내가 근무하는 학교 율하에 경남에서 참한 선생님이 한 분 부임해 왔다. 이름은 이숙경, 서른 중반이었다. 같은 학년을 담임하고 있어서 수업을 마치고 나면 차 마시는 시간을 자주 가졌다. 전북 익산 출신으로 가람 선생님의 옆 마을이었다.

여러 가지 이야기를 나누는 중에 다른 선생님이 말했다. 이정환 선생님은 시인이라고. 그러자 자신도 글을 좋아해서 쓰고 있다고 했다. 어떤 분야인가 하고 물었다. 시와 시조, 동시와 수필 다 해보았다고 했다. 궁금하니 그간에 쓴 작품들을 정리해서 한번 보여 달라고 했더니 다음 날 학교로 가지고 왔다. 곰곰이 살펴보았다. 소질이 있어 보였다. 글을 계속 쓰십시오. 나는 간명하지만 확고한 의지로 말했다. 어떤 장르가 좋을까요? 그가 물었다. 두말할 것 없습니다. 나는 앞날에 대한 어떤 확신 같은 것을 이미 품고 있다는 듯이 내가 걷는 길을 걸으십시오. 다른 선생님들도 다 듣는 데에서 단호하게 말해

버렸다.

　네? 그가 놀라서 다소 당황했다.

*

　그 후 그는 줄기차게 시조를 쓰기 시작했고, 2002년 매일신문 신춘문예 시조 당선으로 등단했다. 그동안 시조집 『파두』와 『까막딱따구리』, 시조선집 『흰 비탈』을 펴냈고, 밝은 조명도 받았다. 대구시조시인협회, 오늘의시조시인회의, 한국시조시인협회의 중책을 맡아 함께 많은 일을 하고 있는 중이다. 2016년 가을 "이정환의 시조미학"이라는 부제로 서울 작가 출판사에서 시론집 『시스루의 시』를 펴냈다. 학위논문을 새로 보충하고 다듬어 한 권의 묵직한 책으로 출간한 것이다. 창작 40여년의 역정이 일목요연하게 체계화된 역저다.

　나로서는 분에 넘치는 조명인 셈이다.

*

　그는 창작에도 새 물꼬를 열어 시업의 넓이와 깊이를 화장 · 심화하는 일에 매진 중이다. 특히 그의 작품 중에 「진아영」은 괄목상대다. 역사적인 시각으로 제주 4 · 3사건을 실감실정으로 형상화했다. 아무나 쉬이 노래하기 어려운 텍스트다.

턱 괴고 생각한다느니 한 턱 낸다는 말
그녀에겐 당찮은 슬픔의 관용어였지
씹어서 삼키지 못할 아픔이 우물거렸네

따뜻한 포유류의 둥근 턱이 사라진 뒤
어류의 아가미처럼 변해버린 입 언저리
죄 없는 사람이었다고 조아릴 틈 없었네

살아야 할 신념에 비할 바 없던 이념
오랜 총성 그 환청 무시로 관통하는
무명천 얼굴에 감싼 미안한 역사였네

－「진아영」 전문

「진아영」은 투철한 역사의식의 산물이다. 제주 4·3사건 당시 토벌대 총탄에 턱이 소실되어 평생 무명천으로 턱을 감싸고 살다 간 할머니 이름을 시 제목으로 삼았다. "턱"은 일상에서 흔히 쓰는 말이다. 즉 "턱 괴고 생각한다느니 한 턱 낸다는 말"에서 보듯 "턱"은 "진아영 할머니"에게는 "당찮은 슬픔의 관용어"임에 틀림없다. "씹어서 삼키지 못할 아픔"만을 "우물거"리게 할 뿐이었다. "따뜻한 포유류의 둥근 턱이 사라진 뒤 어류의 아가미처럼 변해버린 입 언저리"라는 구체적인 비유에는 이미 아픔이 깊이 배어 있는데, "죄 없는 사람이었다고 조아릴 틈 없었네"라고 진술하고 있다. 끝수는 더욱 치열하다. "살아야 할 신념에 비할 바 없던 이념"이라는 대목은 참으로 의미심장하여 일순 호흡을 멈추게 만든다. 그 어떤 이념보다 앞서는 것은 "삶" 자체가 아니었던가? "오랜 총성 그 환청 무시로 관통하는 무명천 얼굴에 감싼 미안

한 역사" 앞에서 우리는 입이 있어도 무슨 말을 할 수가 없음을 느낀다.

*

사람은 일생 동안 누구를 만나느냐에 따라 그의 인생이 달라지게 마련이다. 그러므로 지금의 나는 각별하게 만난 이들로 말미암아 형성된 특별한 자아 혹은 인격체라고 말할 수 있을 것이다. 나는 글을 쓰는 사람으로서 특히 시조를 끔찍이 위하는 시인으로 살다보니, 창작에만 머물지 않고 전파하고 가르치는 일에도 매진했다. 그 길에서 이숙경 시인을 만난 것은 내게는 행운이었고, 그에게도 좋은 일이 되었다고 생각이 드니 몹시 기꺼워진다. 누구를 만나느냐가 그만큼 중요한 것이다. 그러므로 혹 가다가 잘못 만났다 싶으면 속히 단절할 필요가 있다. 그렇지 않고 무작정 끌려가다보면 낭패를 겪게 된다. 그런 일을 자초하지 않기 위해서는 항시 내밀한 성찰과 일도양단의 결단이 필요할 터다.

시론집 『시스루의 시』의 저자, 명작 「진아영」의 시인은 언제나 다른 이에게 선한 영향력을 끼친다. 많은 이들에게 그 사람의 존재감을 늘 북돋우어 주고 있기 때문이다.

새벽 여섯 시와 하오 두 시의 애월 바다

*

새벽 여섯 시, 꽁꽁 얼어붙은 겨울이었다. 오늘의시조시인회의 정기총회를 마친 다음날 새벽 혼자 숙소 근처 공원을 산책했다. 그때 멀찍이서 여성 시인 두 사람이 보였다. 나를 발견하고 함께 걷자고 했다. 그러면서 간밤에 둘이서 시조에 관한 이야기를 오랫동안 나누었다고 했다. 현대시조문학사에서 최고의 작품 한 편이 무엇일까? 그런 주제로 토론한 끝에 결론을 내리고 잠들었다고 한다.

선생님, 어떤 작품일까요? 누가 썼을까요? 그것을 내게 물었다. 나는 선뜻 대답할 수가 없었다. 정확한 답이란 애당초 없을 것이라고 여겼기 때문이다. 그런데 두 사람은 이구동성으로 말했다. 선생님의 「애월 바다」랍니다! 당치도 않은 말이군요. 나는 곧장 답했다. 새벽 산책길에서 우연히 나를 만나는 바람에 둘이서 지어낸 이야기일 것이라고 여겼다. 그런데 그들은 단호했다. 딱 한 편만 들라 하면 「애월 바다」가 정말 맞노라고.

어쨌거나 그 이후로 겨울 한밭 새벽 여섯시 무렵 두 사람이 웃으면서 들려

주던 그 이야기를 잊지 않고 있다. 잊을 수 없는 추억이 되었기에.

*

　하오 두시, 아직도 무더운 8월 중순이었다. 만해축전이 끝나고 대구로 출발하기 직전 몇몇 시인이 찻집에 모이게 되었다. 한 시인이 내게 시인 한 분을 소개시켜 주었다. 마주앉아서 이야기를 나누는데 구면인 그 시인이 오늘의 시조시인회의 의장이자 「애월 바다」를 쓴 선생님이라고 나를 소개하자 갑자기 건너편 앉아 있던 다른 시인이 자리에서 벌떡 일어나면서 인사를 했다. 저도 오늘의 시조 회원입니다. 이름을 들었다. 얼마 전 대표자로서 최종 입회 승인을 한 것이 기억났다. 반갑습니다. 그렇게 말하니 저도 「애월 바다」를 참 좋아합니다. 선생님이신 줄은 미처 몰랐습니다. 고향이 제주여서 "애월 바다"의 아름다움은 익히 알고 있습니다. 그렇게 말했다.
　「애월 바다」의 파장이 이다지도 클까? 그런 생각을 혼자서 한참 하던 만해마을에서의 2017년 8월 어느 한낮이었다.

*

　지음 일향 오승철 시인 초청 덕분에 자주 제주를 드나들다가 얻은 제주 시편이 적지 않다. 그 고마움을 어찌 잊으랴? 「외돌개」와 「섬, 동백」과 「겨울 귤밭」, 「셔?」의 시인 오승철은 가장 지역적인 것이 가장 세계적이라는 말을 온몸으로 부딪치면서 40년 넘는 성상을 실감실정으로 체현해온 시인이다.

「애월 바다」와 「다시 애월에 와서」 등의 제주 시편은 일향 시형 덕분에 세상에 빛을 본 것이다. 그래서 후배들은 가끔 우리 사이를 부러운 듯이 혈맹이라고까지 부른다. 진실로 영원한 문학 동지, 혈맹이 맞다.

무게를 덜어낸 밥상들의 노래

한 편의 시와 만날 때마다 가슴이 설레는 것은 비단 나뿐일까. 좋은 시는 스스로 생명력을 가지고 온 세상을 돌아다닌다. 돌아다니면서 존재감을 드러낸다. 이처럼 좋은 시는 자기장을 형성한다. 독자의 눈길을 무한정 끌어당긴다. 읽고 또 읽고 싶은 마음이 든다. 신비한 일이다. 새로운 목소리의 출현 앞에 긴장을 하게 되고 또 어떤 미학적 울림으로 눈앞에 다가올까 하여 오관의 촉수를 곤두세우게 된다.

「광장시장」을 쓴 김양희 시인은 제주도 한림 출생으로 2016년 《시조시학》 신인상 당선으로 등단한 신예다. 왕성하게 작품 활동을 하고 있고, 《불교신문》에 문인 에세이를 오랫동안 연재했다.

키 높이 밥상들이 인파 속을 헤쳐간다
고단한 무게만큼 층층 쌓인 뚝배기가
똬리 튼 머리에 올라 아슬아슬 지나간다

무게를 덜어낸 밥상들이 돌아온다

구부러졌던 다리 덜어낸 만큼 펴지고

등 뒤를 힘껏 밀던 바람도 잠시 숨을 돌린다

-김양희, 「광장시장」 전문

두 수로 직조된 「광장시장」은 삶의 현장이 잘 녹아 있다. 대비의 묘미로 말미암아 시적 긴장의 끈이 팽팽하다. 누구나 볼 수 있는 재래시장의 일상을 자신만의 시각으로 그리고 있고 군더더기가 없다. "키 높이 밥상들이 인파 속을 헤쳐"가는 것을 바라보면서 "고단한 무게만큼 층층 쌓인 뚝배기"를 읽어내고 있다. 그것은 지금 "똬리 튼 머리에 올라 아슬아슬 지나"가고 있는 중이다. 이렇듯 첫수는 "가고 있는 정황"을 진술하고 있어서 별다른 시적 울림을 주고 있다고 보기는 어렵다. 하지만 갔다가 되돌아오는 "무게를 덜어낸 밥상들"에서 시의 화자는 "구부러졌던 다리 덜어낸 만큼 펴지"는 것과 "등 뒤를 힘껏 밀던 바람도 잠시 숨을 돌"리는 것을 예의주시한다. 둘째 수의 세밀한 정황 해석으로 말미암아 이 시조는 개성적인 세계를 축조하게 되고, 장면 묘사에 그친 듯한 첫수가 아연 클로즈업 되어 독자의 눈길을 사로잡는다. 이 일은 광장시장이라는 장터에서 늘 일어나는 일상사다. 세파에 이리저리 부대끼며 쫓기듯 사는 이들의 삶의 한 단면을 이렇게 살가운 시선으로 그리는 일은 소중하다. 무게를 덜어낸 밥상들이 노래할 수만 있다면 드보르작의 「유모레스크」나 에드워드 엘가의 「사랑의 인사」와 같은 아주 경쾌하고 감미로운 가락을 흥얼거리게 되지 않을까 생각된다.

여기서 한 가지 짚어볼 점은 시조의 길이 문제다. 「광장시장」은 두 수다. 개인적인 창작의 경험을 통해 얻은 바로는 두 수가 가장 이상적이지 않을까 생각한다. 단시조로도 그러하지만 두 수로 노래하지 못할 소재는 없다고 보기 때문이다. 김양희 시인은 단시조에도 능한 솜씨를 보인다. 「곶감」에서

"깎이는 아픔에서 마르는 설움까지 문제 삼지 않으련다 분단장하고 앉아 다디단 추억만 남겨 너에게로 보낸다"라고 노래하고 있는 것에서 보듯 곶감이 만들어지는 과정을 여실하게 형상화하면서 사랑의 노래로 승화시킨다. 그로 말미암아 긴 여운을 안긴다. 또 한 편 「보아뱀」에서 그리고 있는 장면은 이채롭다. "사랑이 그리움을 통째로 먹고 있다"라고 진술하면서 "머리에서 꼬리 끝까지 단 한 번도 씹지 않"은 채로 "뱃속에 집어삼키고 오래도록 녹"이고 있다고 해석한다.

　　남다른 미학적 기량이다.

좋은 그림

*

　오래 전이다. 학교 제자 결혼예식 주례를 본 일이 있었다. 사전에 초대를 받아 함께 저녁을 먹었다. 먼저 와 기다리던 예비부부를 보는 순간 우리 부부는 감탄했다. 그림이 되었기 때문이다. 그들은 그림같이 잘 어울렸다. 그 뒤 수원에 있는 제자네 집을 한번 방문했다. 예쁜 딸과 행복하게 살고 있었다. 요즘도 가끔 안부를 주고받는다. 임경춘 · 최윤정 부부다.

　어느 날 동대구역에서 열차를 기다리고 있는데 누군가 자꾸 나를 쫓아다녔다. 아무래도 이상했다. 여성이라는 느낌이 들었다. 그러다가 재빨리 획 돌아보면서 누구신대 자꾸 뒤따라오느냐고 했더니, 선생님! 하고 불렀다. 윤정이었다. 초등학교 4학년부터 6학년까지 문예부 특활시간에 같이 글을 쓰던 친구였다. 오랜 세월이 지나도 금방 알아볼 수 있었다. 왼뺨에 점이 있는지 없는지 살폈는데 확실히 있는 것을 보고 선생님인 줄 알았다, 라고 말했다. 정말 반가웠다. 졸업 이후 처음이었으니까. 문예부 시간에 시를 지은 다음 퇴고를 일곱 번쯤 되풀이 해오라고 해도 짜증 한번 내지 않고 따랐다. 키는 다소 컸지만 야윈 편이어서 약해 보였다. 그러나 늘 웃었다. 마침 같은 열차를 타게 되어 함께 가면서 추억을 나누었다. 나는 조치원에서 내리는데 윤정이는 수원까지 간다고 했다. 그러다가 남자 친구에게 전화를 하더니, 내 소개를 하면서 우리 결혼할 때 주례를 부탁하겠다고 했고, 승낙을 받았다. 그 친구도 같은 초등학교 동기였고, 내 다른 제자의 동생이었다. 그 후 일 년쯤 지나서 결혼식이 있었다. 나는 이들 부부를 생각할 때면 행복하다. 우리 사회에 보탬이 되는 일을 하면서 잘 살고 있기 때문이다.

*

2011년 어느 날 서울에서 볼일을 보고나서 딸을 만나러 갔다. 약속 장소로 가니 혼자 있지 않았다. 준수하게 생긴 청년과 나란히 앉아 있다가 인사를 했다. 함께 앉아 있을 때 그림이 되었다. 썩 잘 어울린다는 생각이 들었다.

밥을 먹으며 이야기를 나누었다. 말씨나 표정이 진지하고 반듯했다. 잘 성장한 청년이라는 것을 여실히 느꼈다. 이야기가 오고가는 중에 인문학에 대한 소양을 갖추고 있는 것을 알았다. 우연히 시와 소설에 대해 말할 때 그 당시 활발하게 활동 중이던 박민규 작가에 대해 잘 알고 있었다. 전공이 아닌데도 그 정도 깊이로 이야기할 수 있다면 예사롭지가 않은 것이다. 오랫동안 담소를 나누면서 아, 이 청년은 된 사람이구나, 라고 혼자 되뇌었다. 그리하여 박래현과 이유리는 부부가 되었고, 지금 일산에서 사랑스러운 딸 예나와 예봄이와 오순도순 잘 살고 있다. 더없이 고마운 일이다.

2021년 늦여름 이두현과 김윤주는 결혼을 했다. 아들과 며느리도 잘 어울렸다. 가치관이 같았고, 마음이 잘 통했다. 만난 지 500일쯤 되었다고 했다. 그동안 충분히 속마음을 주고받았을 것이다. 장래에 대한 면밀한 계획을 하고 출발했으니, 잘 살 것이다.

아들딸을 모두 출가시키고 나니 큰 숙제를 덜었다는 생각이다. 참 쉬운 일이 아니었다. 행복하게 사는 모습을 보니 든든하다. 무장 고마운 일이다. 다른 것을 특별히 해줄 것은 없고 자녀들을 위해 날마다 열심히 기도한다. 좋은 그림으로 시작했으니 끝까지 그리고 영원까지 복되게 가야할 터다. 이 모든 일들이 참 좋다. 입을 열면 감사하다는 말이 저절로 나온다.

좋은 그림은 오래도록 좋은 그림인 것이다.

인애의 집

― 박인규 · 이애숙

청도군 풍각면 상수월리 양지바른 산비탈에 아담한 이층집이 있다. 인애의 집이다. 연고가 있는 곳은 아니지만 몇 년 동안 이곳저곳 두루두루 발품을 팔고 다니다가 몇 해 전 터를 잡았다. 잘 가꾸어진 마당은 반듯하고 아름답다. 산기슭 아래 꽤 넓은 땅을 일구어 밭을 만들었다. 작은 농장이다. 갖가지 과일과 채소가 생산된다. 풍요로워 보인다.

거실에서 마주하는 앞마당도 운치 있지만, 이층에서 바라보는 먼 산 풍경은 늘 이채롭다. 부지런한 구름의 운행 덕분이다. 밤이면 별이 찾아오고 달이 휘영청 떠오른다. 보슬보슬 비가 내리면 분위기가 더욱 미묘해진다.

주인장인 박인규 · 이애숙은 막내동서 부부다. 삼십년 혹은 사십년 자주 얼굴을 보고 살아왔기에 한 가족이다. 무슨 이야기라도 속 깊이 나눌 수 있고 상의가 가능하다. 함께 열흘간 제주살이도 해보았고, 이곳저곳 같이 여행을 자주 했다. 그래서 부담을 주거나 부담을 느끼는 일이 없다. 어떤 주제이든 공감이 가능하다.

커튼을 내리고

찻잔을 닦는다

귀뚜라미 울음 끝에 찻물 끓어오르고

혼자서
맞을 수 없는
다시 가을 저녁이다

　　　　　　　　　　　－「수월리 가을」 전문

　수월리에서 맞는 가을은 각별하다. 어찌 이 좋은 가을을 혼자서 맞을 것인
가. 가을 저녁은 함께 맞아야 온당하다. 인애의 집에 올 때마다 그런 생각을
한다. 처제는 늘 형부라고 부른다. 사십년 넘게 들은 호칭이다. 동서는 형님
이라고 부른다. 삼십년 넘게 들은 호칭이다. 언제 보아도 반갑고 변함이 없
다. 건네는 말 한 마디에도 정이 물씬 묻어난다. 커튼을 내리면 찻물이 끓고
이따금 귀뚜라미 울음소리가 들린다. 같이 담소를 나누면서 차를 마신다. 이
고요, 이 평온함은 진실로 값으로 매길 수 없는 일이다.

　인애의 집은 안사람 바깥사람 다 소탈하여 찾아오는 모든 이들에게 살갑
고 친절하다. 넉넉하게 대접한다. 복이 저절로 굴러들어오는 집이다. 그래서
인애의 집은 흡사 우리 집 같다. 잠을 자도 편안하다. 밥을 먹어도 맛있다. 부
부가 모두 요리솜씨가 뛰어나다. 이타심이나 이타정신을 말하지 않아도 이
미 두 사람은 생활 속에서 그것을 잘 실천하고 있다.

　풍각면 상수원리, 인애의 집에서 애숙과 인규는 그렇게 인생중반기를 윤
택하게 가꾸어 가고 있다. 뜰 가장자리에 선 모과나무 가지에 새 한 마리 내
려앉는 것을 때로 흐뭇한 눈으로 바라보면서…….

제4부
시 조 와
더 불 어

외솔 최현배

외솔 최현배 선생은 1894년 울산 출생으로 서당에서 한문을 배운 뒤 고향의 일신학교에서 신식 교육을 받고 1910년 상경하여 경성고등보통학교에 입학하여 1915년 졸업하였다. 그 해 일본 히로시마고등사범학교 문과에 입학하여 1919년 졸업하고, 1922년 4월에 일본 경도제국대학 문학부 철학과에 입학, 교육학을 전공했다. 국어학자, 국어 운동가였다. 다수의 시조 작품을 남겼고, 저서로 '우리말본', '한글갈', '조선민족 갱생의 도', '나라 사랑의 길' 등이 있다. 그의 학문과 유지는 한글학회를 중심으로 학자들에 의하여 계승되고 있으며, 그의 사상을 기리는 모임인 외솔회가 1970년에 창립되어 기관지 '나라사랑'을 발간하며, 해마다 국학연구와 국어운동에 뛰어난 사람에게 외솔상을 시상함으로써 그의 정신을 이어가고 있다. 또한 몇 해 전 외솔시조문학선양회에서 외솔시조문학상을 제정하여 외솔시조 선양 사업이 뿌리를 내리고 있는 중이다. 이 일은 시조문학의 저변 확대와 질적 향상, 외솔정신의 위의를 세우는 데 크게 기여할 것이다.

반룡산 좋다 하여 유산차로 예 왔느냐?

성천강 맑다 하여 뱃놀이로 예 왔느냐?
아니라, 광풍이 하 세니, 지향 없이 왔노라

벽돌담에 둘러서, 열 길이나 높아 있고,
겹겹이 닫힌 문에, 낮밤으로 지켜 있다
지상이 척척 곧 천리라 저승인가 하노라

－「함흥 형무소」 전문

외솔 선생은 민족의식의 형상적 반영으로서 시조를 창작했다. 이 점을 두고 문학평론가 유성호는 민족과 한글과 시조의 트라이앵글이라고 의미 부여를 하고 있다. 적절한 해석이다. 외솔 선생의 시조는 실로 엄혹한 역사와 그 궤를 함께했다. '함흥 형무소'를 보라. 선생의 절조가 오롯이 드러나 있지 않은가? 반룡산 좋다 하여 유산차로 예왔느냐?, 라고 묻는데 결코 그렇지 않다. 장강 성천강이 맑다 하여 뱃놀이로 온 것도 아니었다. 다만 시대의 광풍이 너무나도 드세어서 그 어떤 지향도 없이 끌려온 것일 뿐이다. 그렇게 외솔 선생은 시대의 죄수가 되어 열 길이나 높은 벽돌담에 안에 갇혀 있었던 것이다. 겹겹이 닫힌 문을 향해 지상이 척척인데 천리처럼 느껴져 저승 같기만 하다고 읊조리고 있다. 그런 점에서 선생은 민족운동의 결과로 빚어진 투옥 과정과 그에 따르는 고통은 역설적으로 그의 옥중시조를 가능케 해준 원질이었다고 본 유성호의 시각은 주목할 만하다.

또 한 편의 옥중시조를 보자. '나날의 살이'다. 아랫목은 식당 되고, 윗목은 뒷간이라 물통을 책상으로 삼고 책으로 벗 삼으니 봄바람 가을비 소리 창밖으로 지나다, 라고 노래하고 있다. 봄바람 가을비 소리가 창밖으로 지나는 것을 들으면서 얼마나 마음이 착잡하고 무거웠을까. 그 심경이 충분히 헤아려진다. 앉으니 해가 지고 누우니 밤이 새고 있고, 보느니 옛글이요 듣느니 기적이라면서 궁금타 세계사 빛이 어디로 드는지 생각한다. 영어의 몸이면서도 세계사의 빛을 떠올리고 있는 점이 놀랍다. 선생의 기개와 스케일을 엿본다. 이어서 벽력같은 기상 호령에 놀라서 일어나니 내 벽만 둘러 있고 말동무 하나 없어서 외로운 독방 고생이 새벽마다 새로운 것을 절감하고 있다. 그리고 쓸쓸한 감방 속에 홀로 앉았으니 창밖에 까치 소리 아침볕에 분명해서 오늘이 며칠인가 하면서 혹여 기쁜 소식이 오지 않을까 못내 고대한다. 수인이면서도 꿋꿋이 자존을 지키며, 나라 걱정과 세계사의 흐름을 예의주시 중이다. 대인의 풍모다.

옥중시조가 창작된 이후 오랜 세월이 지났다. 하지만 외솔 선생의 정신은 면면히 이어져서 지금도 여전히 깊은 감동을 안겨준다. 외솔시조를 거울삼아 정신의 위의를 시조로 세우는 일에 더욱 매진해야 할 때다.

구룡폭포 조운

　조운은 전남 영광 출생으로 본명은 주현柱鉉이다. 3·1운동에 주동으로 가담했고, 1924년 조선문단에 '초승달이 재 넘을 때' 등 자유시 3편을 발표하여 문단에 진출했다. 1920년대 중반 국민문학파에 의한 시조부흥운동에 이병기와 함께 후반기부터 활약했다. 시조 형식에 대한 남다른 생각으로 단시조한 편 한 편마다 의미 있는 연행 갈이를 하여 시적 완성도를 높이는데 힘썼다. 작품집으로 복간된 『조운시조집』 등이 있다.

　　매화 늙은 등걸
　　성글고 거친 가지

　　꽃도 드문드문
　　여기 하나
　　저기 둘씩

　　허울 다 털어버리고
　　남을 것만 남은 듯

그가 남긴 유일한 사설시조 '구룡폭포'는 사람이 몇 생이나 닦아야 물이
되며 몇 겹이나 전화해야 금강에 물이 되나! 금강에 물이 되나!/샘도 강도
바다도 말고 옥류 수렴 진주담과 만폭동 다 고만 두고 구름 비 눈과 서리 비
로봉 새벽안개 풀끝에 이슬 되어 구슬구슬 맺혔다가 연주팔담 함께 흘러/구
룡연 천척절애에 한번 굴러 보느냐라는 작품인데 자유시를 능가하는 절창
으로 평가받으며 널리 인구에 회자하고 있다. 실로 자연을 축사한 작품으로
단연 압권이라 하겠다. 역동적인 흐름과 용틀임을 보이고 있고, 생동감 있는
미묘한 시어 운용과 이미지 구사 솜씨가 눈길을 끈다. '고매'는 단어와 조사
어느 하나 허투루 놓인 게 없을 만큼 간명과 절제가 돋보인다. '고매'는 모든
욕망을 초탈해 버린 한 선비를 표상하고 있다. 정신의 극점 혹은 쉬이 범접
할 수 없는 위의와 자존을 상기시킨다. 비록 나이가 들어서 성글고 거친 가
지에다 꽃도 드문드문 피어 있지만, 안으로 도사리고 있는 절조는 숙연하기
까지 하다. '허울 다 털어버리고/남을 것만 남은 듯'하다는 자기 연민과 자기
위안 그리고 그런 차원을 뛰어넘은 비장미가 돋보인다. 이렇듯 '고매'가 보
여주고 있는 '정신의 어떤 드높은 경지'는 아무나 쉬이 이를 수 없는 도저한
세계다. 정갈하고 분별력 있게 살아온 사람만이 갖출 수 있는 고졸한 아우라
가 눈길을 오랫동안 사로잡는다.

초장 전구 '매화/늙은 등걸'과 중장 전구 '꽃도/드문드문'은 자수율로 따
졌을 때 '2/4'구조다. 즉 각각 앞마디가 한 글자씩 줄어든 소음보다. 줄어들
어서 더욱 간결한 맛을 내면서 단시조의 진미인 간명과 절제의 가락을 형성
하고 있는 것은 '고매'를 '고매'스럽게 하는 치밀한 미적 장치다.

우리는 '고매'와 더불어 그의 또 하나의 명편 단시조 '석류'를 살펴보아야

한다. 투박한 나의 얼굴/두툴한 나의 입술/알알이 붉은 뜻을/내가 어이 이르리까/보소라 임아 보소라/빠개 젖힌/이 가슴이라고 사랑하는 임에게 고백하고 싶은 속마음을 '석류'는 남김없이 담아내고 있다. 석류의 외적 이미지가 내적 이미지로 전이되면서 도치와 반복으로 의미를 증폭시킨다. 특히 고백의 정도가 충일한 시어인 '보소라'를 두 번 되풀이하여 호소력 있는 혼신의 고백에 이르게 한 점은 이 시편만이 가진 특장이다.

누가 '고매'와 같은 기품을 가진 인물인가를 찾아다니기보다는 '큰 바위 얼굴'처럼 자신이 그와 같은 품격을 지닐 수 있도록 힘쓸 일이다. 현대시조의 또 다른 전범인 '고매'를 틈나는 대로 음미하고 암송하는 일이 기품어린 삶에 조금씩 더 가까이 다가갈 수 있는 길이 되리라 믿는다.

살구꽃 서정과 깃발의 힘 이호우

시조는 우리의 호흡과 정서, 사상과 감정을 담기에 가장 알맞은 시의 그릇이다. 일정한 형식이 있어서 정형률이 시상을 전개하는데 제약을 줄 수도 있지만, 기량을 갖추게 되면 구속 속에서 얼마든지 자유로움을 구가할 수 있다.

이호우는 경북 청도 출생으로 경성제일고보를 수료하였고, 1941년 이병기를 통해 《문장》지 추천으로 등단하였다. 『이호우 시조집』과 『휴화산』 등을 남겼는데, 그의 시조 세계를 '살구꽃 서정과 깃발의 힘'으로 요약할 수 있다. 서정적인 세계와 더불어 시대정신을 구현하는 일에도 큰 관심을 보였기 때문이다.

꽃이 피네 한 잎 한 잎
한 하늘이 열리고 있네

마침내 남은 한 잎이
마지막 떨고 있는 고비

바람도 햇볕도 숨을 죽이네

나도 아려 눈을 감네

－「개화」전문

「개화」는 단시조다. 단시조는 시조의 본령이다. 그러나 「개화」는 형식에 얽매이지 않는 전개 양상을 보여주면서 존재론적 탐색을 통해 자아의 정체성이나 미적 상황을 구현하려는 시도를 보인다. 자연물을 대상으로 하되 그 안에 실존적 자아가 투영되어 자아 즉 정의 세계화, 세계 즉 경의 자아화를 통해 서정시의 본질을 보여준다. 또한 이것은 생명의 비의를 탐구하는 과정이기도 하다.

「개화」는 이호우의 대표작으로 널리 알려져 있다. 꽃이 피기 시작하면서 한 하늘이 열리고 동시에 시인의 눈이 열린다. 마지막 고비를 맞자 바람과 햇볕이 숨을 죽이고 나도 아려서 눈을 감는다. '아려'도 원래는 '가만'이었는데 워낙 완벽을 기하는 퇴고를 거듭했기에 말년에 수정한 것이다. 이 시조는 그러한 전개 과정을 통해서 생명의 경이로움을 노래한다.

꽃이 피는 것은 존재의 확대다. 그리하여 한없이 순수하고 한없이 아름다운 한 송이의 꽃에서 이상 세계의 실현을 보고 그 감격 때문에 무한한 환희와 법열을 느끼게 된다. 그런 까닭에 꽃이 한 잎 한 잎 필 때마다 한 하늘이 열린다고 했으리라. 중장에서 미묘한 정서적 길항작용을 일으키는 '마침내'와 '마지막'이 적절하게 배치되어 이 시조의 긴장감을 극대화하는데 이바지하고 있음을 눈여겨 볼 필요가 있다. 그렇기에 남은 한 잎이 떨고 있는 고비에 '바람도 햇볕도 숨을 죽'일 수밖에 없었을 것이다. 또한 더 이상의 말이나 행위가 필요치 않았기에 '나도 아려 눈을 감'게 된 것이다. 묵상하는 모습, 정밀이 흐르는 황홀한 순간이다. 여기서 '바람'과 '햇볕'이 병치된 점이 이채롭다. 문장 끝을 '피다, 있다, 죽이다, 감다'로 진술하지 않고 김소월의 「산유화」처럼 '네'로 끝맺고 있어 리듬감을 배가시키고 있다.

이호우는 '여기 한 사람이/ 이제야 잠들었도다// 뼈에 저리도록/ 인생을 울었나니// 누구도 이러니저러니/ 아예 말하지 말라'라고 「묘비명」이라는 단시조에서 읊은 적이 있다. 남긴 작품 수는 많지 않지만 모두가 주옥편이다. 진실로 '뼈에 저리도록' 조국을 두고 울고 시조를 두고 애간장 끓이며 심혈을 다했던 시인이다. 그가 누구든 그 사람의 인생에 대해 함부로 말할 수가 없음을 「묘비명」을 통해 다시금 절감한다.

땅에서 꽃이 필 때 저 광대무변의 궁창이 한 하늘을 열어젖힐 것이다. 그때 봄을 맞은 이들의 눈에도 새로운 한 하늘이 열려 말로 다 못할 기쁨의 순간은 온 누리에 도래하리라.

초정 김상옥

어느 날 오류동인지를 읽으시고 전화를 주셨다. 단시조 특집을 했던 해였는데, 「달맞이꽃」 외 여러 편이 참 좋다고 하셨다. 특별한 상찬이고 격려였다. 일제강점기 시절 하늘같은 《문장》지 추천 시인의 말씀인지라 적잖이 고무되었다.

너는 둑에 핀다
늘 말없는 여인

이 밤 네 눈빛 속으로
차디찬 강물은 흘러

서늘한 내 이마 위로
문득 건너오고 있다

– 「달맞이꽃」 전문

1992년 서울 출판문화회관에서 제2회 한국시조작품상 시상식이 있었다. 수상작은 「남루의 시」였다.

나는 마른 헝겊조각 더없이 낡고 해진 길 한 모퉁이에 버려져 발끝에 더러 채이다가 어느 날 그 누군가의 손에 불현듯 쥐어졌네

그는 나의 쓸모를 묵묵히 헤아린 끝에 사랑은 젖어 드는 일 속속들이 젖는 일이라며 서늘한 두레박 물을 가만 끼얹어 주었네

마른 내 몸에 내 푸석푸석한 얼굴에 문득 생기가 돌아 촉촉이 젖는 하늘 비로소 나는 그로 말미암아 겨운 목숨이었네

　　　　　　　　　　　　　　　　　　　- 「남루의 시」 전문

그날 심사위원장이신 선생님의 심사평은 찬사 일색이었다. 나로서는 첫 문학상인데 문단의 원로이신 선생님의 평은 또 한 번 시조의 길에 큰 힘이 되었다. 후학을 사랑하시는 마음이 지극하셨던 선생님은 어느 날 다시 연락을 주셔서 선생님의 대구전시회 기간에 저녁 초대를 하셨다. 《열린시조》계간평론에 내가 쓴 글을 보셨던 것이다.

범상치 않은 「느티나무의 말」에서 지금까지 우리가 소유했던 그 모든 말들을 잊는다. 무수한 언어의 홍수 속에 파묻혀 지내다시피 하는 타성에 젖은 일상이 어디론가 죄다 쫓겨 가버리고 감당치 못할 밀물이 밀려들 듯이 도저한 「느티나무의 말」은 심중의 빈 공간을 남김없이 꽉 채워버린다.

바람 잔 푸른 이내 속을 느닷없이 나울치는 해일이라 불러다오

저 멀리 뭉게구름 머흐는 날, 한 자락 드높은 차일이라 불러다오

천 년도 눈 깜짝할 사이, 우람히 나부끼는 구레나룻이라 불러다오

                 - 김상옥, 「느티나무의 말」 전문

한 시인의 일생의 결집이요 결정체로 읽힌다. 오직 한 길로만 내달려온 생애, 그 결산의 시점에서 필연적으로 맞닥뜨린 함부로 범접치 못할 정신의 세계를 천의무봉의 솜씨로 빚어 올린 관주요, 눈이 번쩍 뜨이는 탄주다. 사실 이런 수사나 의미부여 자체가 사족일 수밖에 없을 만큼 「느티나무의 말」은 참으로 느닷없고 드높고 우람하다.

형식문제에 초점을 둘 때, 물론 이 작품은 논란의 여지를 안고 있다. 한 편의 단시조로 읽어야 할지 세 개의 장이 모두 정도 이상으로 늘어난 것으로 보아 장시조 형태로 보아야 할지 선뜻 규정짓기가 어렵다. 그러나 장시조쪽 보다는 호흡이 다소 긴 변형된 단시조로 읽는 것이 무방하리라 본다. 이 작품을 주 논의 대상으로 놓고 수십 번 읽어 본 뒤 내린 나름대로의 결론이다. 워낙 그 담긴 주체가 장중한 것이어서 이 경우 내용이 형식문제를 압도해 버린 느낌이다. 그러므로 일반적인 잣대로 「느티나무의 말」을 재단할 수는 없다. 물론 이 말은 형식문제에 한해 이 작품에게 어떤 특권을 부여해야 한다는 뜻은 결코 아니다.

각 장마다 결구에서 "불러다오"로 끝맺고 있는 것이 각운의 극치를 보는 듯하다. 일견 김춘수의 「꽃」에서 "이 빛깔과 향기에 알맞은 누가 나의 이름을 불러다오"라는 구절이 함축하고 있는 강렬한 실존 의식에 못지않은 존재에 대한 부르짖음이 실로 아침 수평선보다 더 팽팽히 독자의 시선을 붙잡는다.

여기서 해일과 차일과 구레나룻이 의미하는 바를 눈여겨보아야 한다. 참

으로 한 사람의 생애를 이처럼 적절한 말로 표현할 수 있을까. 해일이되 바람 잔 푸른 이내 속을 느닷없이 나울치는 해일이요, 차일이되 멀리 뭉게구름 머흐는 날 한 자락 드높은 차일이요, 구레나룻이되 천 년도 눈 깜짝할 사이 우람히 나부끼는 구레나룻임에랴.

해일은 격정의 젊음을, 차일은 지천명에 이르러 생을 이윽히 관조하는 내적 조응의 한 상징으로, 구레나룻은 유한의 삶속에서 천 년이라는 세월을 훌쩍 뛰어 넘는 영원 희구 사상 혹은 마침내 덧없음을 극복하게 될 초월 의지를 의미하는 것으로 읽힌다. 이와 같이 「느티나무의 말」에서 3장은 곧 인생을 3기로 나누어 생각하게 한다. 불타오를 때와 그 불꽃을 안으로 다독일 때와 그 잔 불씨를 영원의 한 정점으로 옮겨 놓는 일까지 역동적으로 형상화되어 있다.

그 뉘가 시를 하나의 소우주라 했던가. 소우주의 진면목을 여기 이 「느티나무의 말」이 온몸으로 보여주고 있지 않는가. 또한 시인과 느티나무, 느티나무와 시인 사이의 적절한 거리가 시종 팽팽한 긴장의 현으로 작용하고 있음을 본다. 단풍나무나 참나무, 소나무의 말이 아닌, 드높고 우람한 느티나무 그 느티나무의 말이다. 시인은 아마 어느 날 느티나무로부터 희수를 넘긴 자신의 모습을, 전 생애를 불현듯 떠올리면서 이 작품을 얻게 되지 않았을까 짐작된다.

그가 원로나 중진이든 중견이나 신인이든 스스로 안주하지 아니하고 치열하게 생의 제 문제를 안고 온몸으로 부딪칠 때 「느티나무의 말」과 같은 시와 맞닥뜨리게 되리라 믿는다.

흡사 내 속에 들어왔다가 나간 것처럼 훤히 들여다봤군요. 놀랍습니다. 내가 쓴 평을 읽고 하신 말씀이었다.

월하 리태극

1978년 겨울 《시조문학》 추천완료 후 종로구 부암동 월하 리태극 박사님을 만나 뵈러 갔다. 아직 학생 같구먼, 이라고 첫 인상을 말씀하셨다. 열심히 쓰겠습니다, 라고 답한 기억이 난다.

1979년 12월 결혼식 주례로 모셨다. 새마을호를 타고 대구예식장으로 오셔서 축복의 말씀을 들려주셨다. 그 후 뵐 때마다 가족의 안부를 물으셨다. 자주 엽서를 보내주셨고 각별히 생각하셔서 어른을 가까이 하며 창작 활동을 하게 된 것이 자랑스러웠다. 하여, 《시조문학》을 통해 등단할 수 있는 계기를 마련해준 변조의 시인 류제하 선생이 고마웠다.

칠순 기념시조선집을 펴냈을 때 축시를 썼다. 그 작품이 훗날 강원도 화천군 리태극 시조문학관 이층에 대문짝만하게 비치되었다. 아드님인 이숭원 문학평론가의 섬세한 눈길 덕분이다.

일평생 시조 사랑으로 사시면서 큰 업적을 남기신 월하 스승님! 시조를 생각할 때면 간절히 그리워진다.

또 한 번 화천군을 찾고 싶다.

간만의 차 백수 정완영

백수 선생님은 영남시조문학회를 탈퇴했을 때 바로 엽서를 보내셨다. 꽃 가지도 한데 어울려 사는데 어찌 떠났는가 하면서 돌아와서 함께 하자고 하셨다.

어느 해인가 낙강 동인지 발간 모임을 수성못 옆 호수장에서 가졌을 때 이번 책에서 내가 딱 한 편을 고른다면 이정환의 「어느 날 저녁의 시」라고 말씀하셨다. 단시조로서 아주 잘 되었다는 것이다.

마른 풀잎에도
슬픔이 비치던 날

염소 울음에 쫓겨 먼 둑길은 지워지고

감나무
가지 사이로
문득 흔들리는 이승

그때 그 장면이 아직도 생생하다. 창밖으로 보이던 수성못물이 유난히 반짝이던 날이었다.

1987년 첫 시조집 『아침 반감』을 서울 영언문화사에서 펴냈을 때 선생님이 엽서를 보내주셨다. 「아침 반감」과 같은 작품은 시조가 갈 길이 아니니 그 길을 접고 시조로 돌아오라는 말씀이었다. 따로 답은 드리지 않았지만 속으로 혼자 중얼거렸다. 선생님 저는 제 길을 갈 것입니다. 조금도 염려하시지 마십시오. 그렇게 소리 없는 답을 했던 기억이 새롭다.

아류! 나로서는 아류에 대한 나름의 엄한 경계였던 셈이다.

선생님은 걸출한 작품을 남겼지만, 내가 으뜸으로 꼽는 작품은 따로 있다. 바로 「간만의 차」다.

> 서울에서 바라볼 때는 이 제주가 섬이더니
>
> 정작 제주에 서니 서울이 또한 절도로고
>
> 생각도 차고 이우는 이 간만의 사이사이
>
> - 「간만의 차」 전문

실로 절창이다. 물리에서 말하는 위치에너지가 행간에서 읽힌다. 서울과 제주, 제주와 서울 사이의 거리가 이토록 아름다운 미학적 깊이를 획득하다니. 역시 백수 선생님이시다. 더니, 로고와 같은 고투가 장치되어 있어도 전혀 예스럽지 않다. 도랑물만한 피로를 이끌고 들어선 찻집이라는 구절이 지금도 심금을 울린다.

「가을은」을 보겠다.

　　가을은 질그릇 굽듯 하루하루를 구워낸다
　　풀끝에 풀씨 같은 것 꼭 그런 것 말고라도
　　절로는 금이 간 가슴 고향생각 뭐 그런 것

　　설사 세월이야 강물이라 할지라도
　　한번 흘러 다시 못 오는 강물이라 할지라도
　　가을은 흐르는 강나루 나룻배쯤 됐나부다

　　넉새배 무명실 같은 눈물 말린 구름 같은
　　그 세월 나룻터에도 나룻배는 있었던가
　　아내는 억새풀 친정의 성못길을 가겠단다

　　백리 밖 진머리엔 기러기 왔다는데
　　칼 짚은 산하에도 흩어지는 가을바람
　　가을은 강물도 구워 한바다로 보내누나

　　　　　　　　　　　　　　　－「가을은」전문

　「가을은」은 참신하면서도 고조의 정서가 배어난다. 하지만 지금 생각하니 그것조차도 이젠 그리움의 정조다. 직유의 달인이자 가락의 대가가 아닌가? 그렇기에 가을은 강물도 구워 한바다로 보낸다고 노래했을 것이다.

　불후의 명작을 적잖게 남겼으니 복된 일생이었다.

사봉 장순하

뛰어난 시인이자 시조이론가이신 사봉 장순하 선생님을 오늘의 시조학회 여름 세미나에서 가까이 뵙게 되었다. 1990년대 말 해남 대흥사에서였다.

선생님은 눈앞에 보이는 이정환과 발표된 작품 주인공인 이정환을 따로 기억하셨다. 이박삼일이었는데 둘째 날 저녁 여흥 시간에 나를 제대로 알아보시고 나서 이번 여정에서 가장 큰 소득으로 이정환 시인을 만난 것이라고 참석한 이들 앞에서 공표하셨다. 이십여 년 동안 줄기차게 시조를 써왔던 나로서는 뜻밖의 찬사였던 셈이다.

그리고 오류동인지 이야기를 꺼내셨는데, 다섯 중에 초기에는 뒤쪽에 머물러 있었던 같은 데 몇 년 지난 뒤 보니 앞쪽에서 움직이고 있더라는 말씀을 하셨다. 동인 활동에 대해 현대문학 월평에서도 언급하신 바가 있었기에 동인 개개인의 활동을 눈여겨보셨을 것이다. 그 덕분이다.

그 뒤 1999년 시조집 『물소리를 꺾어 그대에게 바치다』를 보내드렸을 때 엽서에 어찌 시인이 물소리를 꺾을 생각을 했느냐, 하나님도 생각하시지 못했을 일을 시인이 해냈다고 놀라워하셨다.

물소리를 꺾어 그대에게 바치고 싶다
수천수만 줄기의 희디흰 나의 뼈대

저문 날
물소리를 꺾어
그대에게 바치고 싶다

꺾이고 꺾이어서 마디마디 다 꺾이어서
꺾이고 꺾이어서 마침내 사랑을 이룬

저문 날
모든 뼈대는
물소리를 내고 있다

- 「헌사」 전문

아직도 사봉 선생님이 보내주신 여러 장의 엽서를 고이 간직하고 있는 중이다.

가락의 높은 궁전 박재삼

신춘문예 당선 이후 선생님을 이따금 찾아뵈었고, 하루는 목동 선생님 댁에서 하룻밤을 묵은 일도 있다.

선생님은 시조만 고집하지 말고 자유시도 겸해서 쓸 것을 권하셨지만 나는 줄곧 한 길을 걸었다. 내게 주어진 역 량을 생각했기 때문이다. 문청시절 「울음이 타는 가을 강」, 「꽃나무」, 「춘향이 마음」 등을 마음에 담아두고 지냈는데 선생님 손에 의해서 등단을 하였으니, 무장 기쁜 일이었다.

지금도 가끔씩 외는 선생님의 시가 있다.

설악산 그 많은 봉우리들을 보고 있으면
선녀가 내려온 길이 보인다
그것은 외길이 아니다
두 갈래 세 갈래 길도 아니다
무수하게 골지고 깊은 사타구니의 부끄러운 길,
햇살과 구름이 만났다 헤어지는 언저리,

하 엷은 옷자락 소리도 들리고

거룩한 살 냄새도 난다

–「선녀의 첫길」 전문

「선녀의 첫길」이다. 놀라운 상상력과 섬세한 이미지 직조가 인상적이다. 그 기쁜 첫사랑 산골 물소리가 사라지고, 를 쓰신 선생님은 지금도 하늘에서 가락의 높은 궁전을 짓는 일에 몰두하고 계시리라.

샘터 김재순

　나를 지금도 설레게 하는 일은 "평범한 사람들의 행복을 위한 교양지"라는 슬로건을 내걸고 매달 펴내는《샘터》다. 1970년대 가난한 시절《샘터》는 온 국민들의 희망이었다. 희망의 소리였다. 조그마한 잡지의 위력은 대단하여 그 당시 젊은이들이라면 다들《샘터》를 화제로 삼곤 했다.

　《샘터》시조는 1975년부터 시작되었다. 매달 5편의 단시조를 뽑아서 신고 연말에 55편중에 3편을 선정하여《샘터》시조상을 주었다. 나는 그 첫해인 1975년 가을 무렵 처음으로 시조를 응모했다. 선자는 이영도 선생이었다. 내 작품은 안타깝게도 낙방했다. 선생의 눈에 들어오지 않았던 모양이다. 아쉬웠다.

　그 다음 해엔 세 번이나 실렸다. 주소가 덧붙여져 있어서 많은 팬레터가 왔다. 대단한 양이었다.「천식」,「산길을 가며」,「새벽 산길」이었다. 선자는 박재삼 선생이었다.

　　육순을 넘긴 연로에 십여 년 가슴앓이
　　한밤내 불면으로 가슴 갉는 그 아픔을

더불어 괴로움 나누듯 애태우며 지새는 밤

- 「천식」 전문

비 개인 깊은 산중 몇 갈래 길 나뉘었데

개여울의 애태움이 사라지는 어둔 숲속

가야 할 길은 어디매, 비켜서서 구름 보네

- 「산길을 가며」 전문

솔잎 씹는 떫은 맛 그처럼 푸른 새벽녘

봉마다 받혀 인 구름 선명히 트인 숲길을

발걸음 천근을 밟듯 헤쳐 뜨는 아침 해

- 「새벽 산길」 전문

연말에 「새벽 산길」로 가작 입상했다. 시상식에 참석하라는 통지가 왔다. 양복 한 벌을 빌려 입고 서울 샘터사를 찾았다. 장원을 한 전남 도청에 근무하는 최정웅 시인이 참석했다. 나보다는 25년 정도 연배가 높았다. 최근에 목포에 갔을 때 이 분의 연락처를 알아 통화한 적이 있다. 그 당시 일을 생생하게 기억하고 있었다. 아주 반가웠다.

시상은 김재순 대표가, 배석한 분은 얼마 전 작고한 김형영 시인이었다. 훗날 국회의장을 역임한 김재순 대표가 시상식이 끝나고 나서, 한창 젊은이가 어찌 그리 시조를 잘 쓰느냐고 칭찬하셨다. 만 스물 두 살이었던 나는 그 자리에서 철없이 호들갑을 떨며 앞으로 시조로 성공하겠노라고 했다. 허허, 젊은이! 용기가 가상하군, 대성하시게, 하시면서 등을 다독여주셨다. 사진도 같이 여러 장 찍었다. 김형영 선생은 「새벽 산길」을 두고 시조의 백미군요,

라고 격려해 주셨다. 그때 어깨를 우쭐했던 기억이 새롭다.

　김재순 의장님은 여러 해 전 타계하셨다. 그러나 명품 잡지《샘터》는 여전히 그 전통과 역사를 잘 이어가고 있다. 물론 샘터시조도. 참 경이로운 일이다. 또한 샘터시조를 거친 많은 이들이 현재 시조문단의 중추적인 시인으로 맹활약하고 있다. 그러므로《샘터》는 시조문학 발전에 기여한 공이 지대하다. 고맙다는 말로는 아무래도 부족할 것이다. 46년 즉 반세기 가까운 기간 동안 샘터시조가 계속되고 있기 때문이다.

　가끔《샘터》, "샘터시조", 라고 말할 때마다 설렌다. 갖가지 아름다운 추억과 더불어.

신운神韻 서 벌

서벌 시인은 경남 고성 출생으로 본명은 서봉섭이다. 우리 시조문단에서
매우 독보적인 세계를 구현한 분이다.

적막 엉금엉금 등성이 타고 내려

외딴집 뒷방 들창 간신히 두드린다

여보게 허무 있는가

이러면서

두드린다

아무런 기척 없어 머뭇머뭇 하는 적막

허허 자네까지 뜨고 없기인가

이러며

징검다리께로 가는

허리 구부정한 적막

- 「산그늘 인화」 전문

물새는 물새라서 물속 뽑아 부리에 꿰어

날마다 기워준다, 이래저래 찢긴 허공을

제 속이 찢겨 터지면 물을 뽑아 깁으면서

들새는 들새라서 들에 깔린 허공 걷어

논두렁 밭두렁 짓듯 노래두렁 짓는다

그 짓이 하늘 땅 제대로 아는 저들의 일이어서

―「물새는 물새, 들새는 들새라서」 전문

「산그늘 인화」를 보라. 예사로운 작품이 아니다. 등장인물이 둘이다. 어느 날 '적막'은 '허무'를 찾아온다. '엉금엉금 등성이 타고 내려'와서 '외딴집 뒷방 들창 간신히 두드'리면서 '여보게 허무 있는가'하고 말하는데 허무는 답이 없다. '아무런 기척 없이 머뭇머뭇 하는 적막'은 혼자 중얼거린다. '허허 자네까지 뜨고 없기인가'하고. 그 적막은 '허리 구부정한 모습'으로 징검다리 쪽으로 걸어간다. 허무를 찾아 다시 길을 나서는 것이다. 이렇듯 「산그늘 인화」는 그 어떤 시인도 흉내 낼 수 없는 어조와 상상력과 인생 담론을 깊이 있게 형상화한 작품이다.

「물새는 물새, 들새는 들새라서」도 괄목상대다. 물새는 물속을 뽑아 이래저래 찢긴 허공을 깁고 있고, 들새는 들에 깔린 허공을 걷어 노래두렁을 짓는다고 말한다. 물새와 들새가 하늘과 땅을 제대로 잘 아는 까닭에 이러한 신비한 일이 가능하다는 것이다. 한 마디로 놀랍다. 아무래도 신들려 쓴 느낌이 강하게 오기 때문이다.

커다란 목소리로 시조문단을 질타하던 모습이 잊혀지지 않는다.

설악 조오현

여기는 지금 비바람이 아주 세찹니다. 대구는 어떤지요?

설악 조오현 큰스님의 안부 전화였다. 그런 전화를 주고받을 수 있었던 계기는 따로 있었다. 2000년대 중반 시전문지 유심에는 격외시단이 한시적으로 있었다. 나는 막차를 탔다. 작품 한 편에 고료가 무려 백만 원이었다. 파격적인 고료다. 청탁을 받고 여러 날 고심 끝에 두 수의 시조 「새와 수면」을 보냈다.

강물 위로 새 한 마리 유유히 떠오르자

그 아래쪽 허공이 돌연 팽팽해져서

물결이 참지 못하고 일제히 퍼덕거린다

물속에 숨어 있던 수천의 새 떼들이

젖은 날갯죽지 툭툭 털며 솟구쳐서

한순간 허공을 찢는다. 오오 저 파열음!

-「새와 수면」 전문

발표된 지 얼마 지나지 않아 만해축전에 갔다가 무산 스님 초대로 한 자리에 모여 차담을 나누는 시간을 가지게 되었다. 이십여 명이 둘러앉았다. 갑자기 무산 스님이 한 가지 이야기를 들려드리겠다고 하셨다. 그러더니 별안간 시조를 외우셨다. 들어보니「새와 수면」이었다. 이구동성으로 누구 작품인가 물었다. 스님이 내 쪽으로 눈길을 돌리며 바로 저 이정환 시인이라고 하셨다. 모든 이들이 나를 주목했고, 나는 이 뜻밖의 사태를 잘 대처하지 못하고 감사하다는 말만 두어 번 되풀이했다. 원고료 일백만원이 아깝지 않고 더 드리고 싶다는 말씀을 덧붙였다. 또한 절간에서 도 닦는 이가 쓸 글을 속가의 시인이 썼으니 놀랍다 하시면서 연락처까지 알려 주셨다.

한번은 군위 인각사 일대를 둘러보시겠다고 하여 함께 삼국유사면 학암리 뒷산에 있는 오백년 수령 신비의 소나무를 함께 찾았다. 그루터기에 앉아 여러 가지 이야기 끝에 파안대소를 하시던 장면을 잊을 수가 없다. 나로서는 뜻깊은 시간이었다.

그 후로 1968년 시조문학 추천완료 선배 시인과 1978년 시조문학 추천완료 시인과의 문학적 교류는 계속되었다. 2018년 5월 열반할 때까지다. 여러 날 동안 비가 왔다. 다비식에서 스님과 작별했다. 그날의 광경을 어찌 잊으랴.

이제 그의 작품은 불멸이다. 누구든 그렇지 않으랴. 영원불멸의 한 편을 위해 자신의 전 생애를 던진 이에게 그런 복을 하늘이 끝내 허락하지 않으랴?

아직도 설악 대종사의 목소리와 환한 미소가 내 눈앞에서 어른거린다. 곧 안부 전화를 하실 듯하다.

변조 류제하

「변조」의 시인이자 문학이론가였다. 평필은 매서웠고 작품은 실험으로 연이어졌다.

아아, 있었구나 늬가 거기 있었구나 있어도 없는 듯이 그렇능게 아니여 내 너를 잊었던 건 아니여 결코 아니여

정말 거짓말 아니여 정말 해쓱한 널 내가 차마 잊을까 뉘 있어 맘 터억 놓 고 나만 돌아 서겠니

암, 다아 알고 있어 늬 맘 행여 눈물 비칠까 도사리는 안인 거 울면서 씨익 웃음 짓는 늬 심정 다 알아 나

정말이여 나, 나 설운 게 아니여 정말 조각난 늬 아픈 델 가린다고 모를까 이렇게 흐느끼는 건 설워서가 아니여

― 「낮달」 전문

구어체로 시를 풀어가고 있다. 우리말의 결 고운 아름다움이 전편에 넘쳐난다. 역설적이다. '낮달'이라는 비근한 시적 대상을 이렇게 실감나게 형상화하는 일은 결코 쉬운 일이 아니다. 효과적인 독백체, 말 못할 긴한 사연이 있었을 것이다. 시인은 평소 해쓱한 낮달의 모습이었지만, 그 눈빛은 매서웠던 것으로 기억된다. 「낮달」은 인생과 사랑에 대한 진지한 물음을 우리에게 던진다. 그리고 서로의 아픈 데를 어루만져 주고 위로하며 살기에도 우리에게 주어진 삶이 그리 길지 않음을 은연중 암시한다.

1976년이었을 것이다. 처음으로 무작정 문우 조근일과 서울을 방문했다. 그도 처음 나도 처음이었다. 대책 없이 대뜸 《현대시학》 사무실을 찾아갔다. 미리 통지를 한 것도 아니고 누가 오라고 한 것도 아니고 기다리는 분이 없음에도 월간 《현대시학》이 마음에 들어서, 주재하시던 전봉건 선생의 시가 좋아서 갔던 것이다.

그곳에서 뜻밖에 류제하 선생을 만났다. 친구가 자기 호주머니에 있던 내 단시조 한 편을 실례를 무릅쓰고 건네 드리면서 조언을 구했다. 좋긴 한데 너무 욕심을 냈다고 말했다. 3장에 과욕을 내는 일이 바람직하지 않다는 일침이었다. 고마웠다. 그날의 만남 이후 그해 가을 샘터 시조상에 입상했다. 아마 샘터에 나온 주소를 보고 책을 보내셨던 모양이다. 생각이 있으면 추천을 받아보라는 쪽지가 있었다. 그렇게 해서 1977년 시조문학 겨울호에 초회 추천을 받게 된 것이다. 고마운 일이 아닐 수 없다. 이를 계기로 시조 창작에 박차를 기할 수 있었기 때문이다.

류제하 선생님은 건강 문제로 오래 사시지 못했다. 시조문단으로서는 큰 손실이었다. 시조문학 추천완료, 1973년 「불꽃놀이」로 중앙일보 신문문예 시조 당선 이후 평필을 들다가 문학평론으로도 신춘문예 관문을 거쳤다. 「낮달」과 함께 「변조」 연작을 오래 기억할 것이다.

영혼의 자줏빛 상처 이우걸

*

　이우걸 선생님은 1970년대 초반 이영도 선생의 천거로 시조문단에 등장했다. 일찍부터 평필을 들기 시작하여 1977년 무렵 전봉건 선생이 주재하던 월간 시전문지 《현대시학》지에 시조 월평을 연재했다. 그동안 촌철살인의 필력으로 시조이론서를 여러 권 발간했고, 특히 젊은 후진들의 시조 세계 조명에 남다른 애정과 노력을 기울여 왔다. 또한 유수한 문학평론가들에게 시조 평론을 쓸 수 있는 기회를 만들어 왕성한 시조 담론 생산에도 크게 이바지했다.

　그의 시조는 출발부터 여느 시인들과는 확연히 다른 목소리를 보였고, 시조가 멋진 시의 한 갈래가 될 수 있음을 작품으로 증명해 보였다. 「세계는 갑자기」에서 "세계는 갑자기 투쟁의 눈을 버리고"라는 구절과 「지금은 누군가 와서」에서 "지금은 누군가 와서 돌아가는 바람이 분다"와 같은 대목이 그 점을 잘 말해주고 있다. 그뿐만 아니다. 현실 문제를 직시하고 시조로 풀어낸 점이다. 시대정신과 환경문제를 제기하고 육화하는 일에 앞장섰던 것이다.

　　사실 이우걸 선생님을 알게 된 것은 특이한 경로를 통해서다. 등단하기 전인 1977년 중반 영남시조문학회에서 펴낸 『낙강』 10집에 여러 편의 작품을 발표했다. 그런데 그해 《현대시학》 9월호 시조 월평에 『낙강』 수록작인 「연못둑 산책」 외 여러 편이 집중 언급되었다. 필자는 이우걸 선생님이었다. 그 당시로 보면 매우 파격적인 일이었다. 한 선배 시인이 먼저 읽고 알려준 덕분에 잡지를 구했다. 생면부지인 데도 가능성을 보고 조명한 것이다. 그 후로 이 일은 내 문학 인생에서 놀랍고도 귀한 추억이 되었다.

*

피면 지리라

지면 잊으리라

눈 감고 길어 올리는 그대 만장 그리움의 강

져서도 잊혀지지 않는

내 영혼의

자줏빛 상처

-「모란」 전문

　「모란」이 주는 울림은 크다. "피면 지리라 지면 잊으리라"라는 초장이 그
모든 세상사를 축약하고 있다. 피고 지는 일의 무수한 되풀이가 인생이요,
세상일이라는 뜻일 터다. "눈 감고 길어 올리는 그대 만장 그리움의 강"은 무
엇을 말하는 대목일까? "만장"은 죽은 사람을 애도하여 지은 글을 천이나 종
이에 적어 깃발처럼 만든 것인데 "그대 만장 그리움의 강"을 눈 감고 길어 올
린다고 한다. 처연한 아픔이다. 그리하여 "모란"은 "져서도 잊혀지지 않는 내
영혼의 자줏빛 상처"가 된다. "영혼의 자줏빛 상처"는 긴 여운을 안겨준다.
오래 살다보면 이러한 상처는 하나둘이 아닐 것이다. 김영랑의「모란이 피기
까지는」과 일맥상통하면서 다른 이미지를 직조하여 좀처럼 눈길을 떼지 못
하게 만든다.
　이우걸 선생님은, 어쩌면 시조문단에서 가장 모던한 시인일 것이다. 단시
조「섬」이 그것을 잘 증명한다.

　　너는 위안이다 말없는 약속이다
　　짓밟혀서 돌아오는 어두운 사내를 위해

　　누군가 몰래 두고 간
　　테라스의 불빛 하나

-「섬」 전문

원용우 교수

*

1990년대 말이었다. 서울에서 시조시인협회 세미나에서 원용우 선생님을 만났다. 대학원을 했느냐고 물으셨다. 그렇지 않다고 했더니 한국교원대학교 대학원 입학을 권했다. 얼떨결에 알겠다고 답했는데 연말에 시험을 보고 그 다음해에 입학했다. 3년간 수학하고 2000년 2월에 졸업을 하였다. 논문 제목은 "생태학적 관점에서 본 현대시조의 양상 연구"였다. 그 당시만 해도 생소하고 새로운 주제였다. 많은 텍스트와 관련 자료와 저서를 활용했다. 그 무렵에도 이미 우리 시조문단은 생태사상을 육화한 작품들이 적지 않았기에 논문을 쓰기가 어렵지 않았다.

문제는 그 다음이었다. 박사과정에 들어올 것을 강권하셨다. 나이도 있고 해서 자신할 수 없었는데 여름 연수회에서 뵐 때마다 말씀하셨다. 쉽지 않은 시험 준비를 하고 턱걸이로 입학했다. 거리도 멀고 제약조건도 많았지만 단단히 마음을 먹고 또 다시 3년간 수학을 했다.

입학하자 국어과 교수님들이 나이가 꽤 든 학생이 들어왔다고 격려를 아끼지 않았고, 그래서 힘든 공부도 잘 헤쳐 나갈 수 있었다. 원용우 선생님도 매우 기뻐하시면서 좋은 논문을 써보라고 힘을 실어 주셨다. 혼자서는 엄두도 못 낼 일인데 쉰을 앞두고 다시 학문 연구를 하게 되었으니 복된 일이었다. 원용우 선생님은 박사과정 졸업 직전에 정년퇴임을 하시고 새로이 유성호 선생님이 논문 지도교수가 되었다.

나이 들어 공부하는 일은 어렵지만 젊은 교수들의 열정적인 강의를 듣고 동료들과 연구하고 토론하는 중에 나 자신이 달라지고 있다는 것을 알게 된 일은 큰 수확이었다. 3년간 5편의 소논문을 써서 학회지에 발표하는 일도 쉽지 않았지만, 완성하는 과정에서 공부가 되었다.

*

모든 것이 때가 있다. 석·박사과정을 전혀 생각하지 못했는데 원용우 선생님을 만나면서 그 길을 걷게 된 것은 나로서는 큰 행운이었다. 그 후 한국교원대학교 대학원 국어교육과 겸임교수를 하며 대학원 강의를 했고, 모교인 대구교육대학교 국어과에 10여 년간 강사로 출강했기 때문이다. 대학생들과 책읽기와 글쓰기에 대한 궁구를 하는 일은 늘 역동적이었다. 가르친다기보다 도리어 더 많은 것을 얻는 기회이기도 했다. 젊은이들과 벌이는 활발한 토론과 학문 탐구는 유익했다.

이 모든 일은 원용우 선생님이 자상하게 이끌어주신 덕분이다.

의재 최운식 교수

– 청람 뜰 추억

충북 청원군 강내면 다락리라는 이름만 들어도 가슴이 설렌다. 석사과정 3년, 박사과정 3년 반을 드나들던 곳이니 어찌 한시라도 잊을 수 있는 곳이랴. 늦은 나이에 석사 과정을 마치고, 턱없을 나이에 박사과정에 입학하여 다녔다. 그래서 곤혹스러울 때도 적지 않았다. 그러나 그 무렵 나는 학문하는 즐거움에 어느 정도 빠져들어 곤혹스러움을 간신히 이겨내고 있었다.

한국교원대학교에서 내게 가르침을 주신 분들은 많다. 그 가운데서도 의재 최운식 선생님은 나를 많이 사랑해주신 분이다. 교정이나 강의실 계단에서 자주 뵙곤 했는데 그때마다 결코 그냥 지나치지 않으셨다. 오늘도 먼 길 오셨네, 고생이 많으셔, 라고 격려하셨다. 웃으시면서 말씀하실 때마다 고마움을 느꼈다. 늦은 나이에 공부하는 모습이 좀은 안쓰러워 보였고, 청주에서 꽤 멀리 떨어져 있는 대구에서 온다는 사실을 알고 계셨기에 더욱 그러하셨으리라.

재학 중 적잖은 가르침을 받았다. 석사논문 심사도 맡으셨고, 박사논문 심사 때에는 심사위원장으로서 논문이 통과되는데 큰 도움을 주셨다. 최종 심사를 끝마치고 나서, 이젠 학자를 겸하게 되었으니 창작과 학문 탐구와 가르치는 일을 병행하여 더욱 크게 이루시게나, 라고 당부의 말씀을 들려주신 것을 잊지 못하고 있다. 2005년 8월 박사학위를 받았다. 쉰하나였으니 지금 생각하면 그리 늦은 나이가 아니었다.

　나는 평생을 시인으로 살고 싶었다. 그러나 늦은 공부는 내가 쓰는 시편에 깊이를 더하는 일이 되었다. 학문하는 일이 창작에 지장을 주지 않는다는 사실도 뒤늦게 깨달았다. 한국교원대학교가 내게 베푼 은택은 참 귀하다. 그런 까닭에 의재 최운식 선생님과 더불어 청람 뜰을 가끔 떠올리곤 한다.

　"더욱 복되시고 강안하소서. 고맙습니다, 선생님!"

장경렬 교수

　1990년대 말 "오늘의 시조학회" 여름 세미나가 해남에서 있었다. 그때 장경렬 선생님을 처음 만났다. 서울대학교 인문대 영문과 교수이자 문학평론가라는 직함이 무겁게 다가왔다. 오래 대화를 나누다보니 곧 친숙해졌다. 시조에 대한 열정과 사랑이 느껴졌다. 꽤 날카롭다는 인상을 받았다.

　그 후 만남의 기회는 여러 차례 있었고, 한번은 먼저 제안을 했다. 신작 시조집을 펴낼 때 작품 해설이었다. 이제 웬만큼 아는 사이가 되었으니, 작품론을 한번 써주셨으면 하는 의견을 조심스레 건넸다. 흔쾌히 승낙하셨다. 무척 고마웠다. 2011년 연작 단시조집 『비가, 디르사에게』 해설은 그렇게 해서 성사되었다. 글 쓰는 과정을 보면서 몹시 섬세하다는 것을 느꼈다. 조사 하나 가지고도 오랜 숙고를 거듭했기 때문이다. 해설 쓰는 중간 중간에도 많은 질문을 했고, 숱한 의견을 나누었다. "이정환 시인의 『비가, 디르사에게』에 부쳐"라는 부제로 "시를 향한 사랑의 노래"라는 제목의 작품해설은 거의 100매 가까운 장문이었다. 걸린 시간은 무려 8개월이었다.

　일부분을 옮겨본다.

디르사로 의인화된 시 앞에서 시인이 느끼는 감정은 당연히 고통과 번뇌가 아닐 수 없다. 사정이 그러하다면, 그의 노래가 어찌 "비가"가 아닌 다른 무엇이 될 수 있겠는가. 아니, "비가"일 수밖에 없다.

하지만 신을 사랑하고 경외하는 인간이 때때로 그러하듯 이정환 시인의 시 세계에서는 시를 사랑하고 경외하는 시인이 시를 향해 또는 시로 인해 때때로 느끼는 환희의 순간을 읽을 수도 있다. 어느 순간 신을 사랑하나 다가가지 못해 안타까워하는 처량한 모습의 인간에게 신이 다가와 그 품안에 안아 주는 듯한 황홀한 순간을 인간이 경험하듯, 시인도 시가 자신에게 다가와 품안에 안아 주는 듯한 황홀한 순간을 경험하게 마련이기 때문이다. 오래 전 이정환 시인이 발표한 바 있는 또 한 편의 빼어난 단시조 「에워쌌으니」는 바로 그와 같은 황홀한 순간이 어떤 것인지를 생생하게 보여 준다.

에워쌌으니 아아 그대 나를 에워쌌으니 향기로워라 온 세상 에워싸고 에워쌌으니 온 누리 향기로워라 나 그대 에워쌌으니

– 「에워쌌으니」 전문

위의 시 자체가 솔로몬의 아가를 연상케 할 만큼 아름답고 몽환적이지 않은가. '내'가 '그대'를 에워싸고 '그대'가 '나'를 에워쌌으니, '나'와 '그대'는 '둘'이면서 동시에 '하나' 아닌가. 이 오묘한 경지는 기독교인으로서의 인간 이정환이 추구하고 체험하고자 하는 바일뿐만 아니라 시인으로서의 인간 이정환이 추구하고자 하는 환희의 순간이리라. 진실로 '둘이면서 동시에 하나인 경지'는 인간이 인간에 대해, 세계와 자연에 대해, 우주에 대해, 그리고 무엇보다도 신실한 기독교인이라면 하나님과 예수에 대해, 그리고 시인이라면 시에 대해 추구하는 그 무엇이다. 요컨대, 이정환 시인에게 이는 그가 체험하고자 하는 최

고의 종교적, 시적 경지다. 최소한의 행 나누기조차 거부한 채 한 달음에 끝을 향해 물 흐르듯 유장하게 이어지는 이 시의 시어에서 우리는 신 또는 사랑하는 여인 '디르사'로 의인화된 시와 '하나'가 되고자 하는 시인의 염원이 마침내 이루어졌을 때 그가 느낄 법도 한 매혹과 황홀을 감지하지 않을 수 없다.

한 달음에 끝을 향해 치닫는「에워쌌으니」와 같은 시는 결코 릴케가 경고한 "갑작스런 노래"가 아니다. 비록 '갑작스런 노래'처럼 보이도록 함으로써 시인이 느낄 법한 황홀과 매혹을 강렬하게 전하고 있긴 하지만, 이는 더할 수 없이 철저하게 통제되고 계산된 시인의 자기 표현이다. 하지만「에워쌌으니」가 "아무것도 바라지 않는 신의 숨결"로서의 "노래"의 경지에 이른 시라 할 수 있을까. 아마도 그런 노래는 다만 신에게 가능한 것인지도 모르고, 인간은 다만 이를 꿈꿀 수 있을 뿐인지도 모른다. 이를 너무도 잘 알고 있기에 시인 이정환은 "디르사에게" 바치는 그의 노래들을 "비가"로 명명했는지도 모른다. 이제 독자들에게 청하노니, 이정환 시인의「비가, 디르사에게」가 담고 있는 아름다운 시 세계로 들어가서 시인이 때로 느끼는 환희와 때로 느끼는 안타까움 그리고 줄곧 시인의 마음을 옅게 드리우고 있는 슬픔을 함께 나누길! "하나 됨"을 위해 지난한 여행길을 걷고 있는 순례자와도 같이 시 창작의 길을 걷고 있는 시인의 모습에 따뜻한 성원을 보내길!

이보다 더 좋을 수 없는 평문이다. 그 뒤로도「새와 수면」과「원에 관하여」에 대해 심도 있는 평론을 발표했다. 특히「원에 관하여」는 일본의 하이쿠와 대비해서 깊이 있는 분석과 해석을 통해 시조가 나아갈 방향을 제시한 바 있다. 그의 지론은 단시조다. 간명한 단시조가 시조의 본질임을 천명하면서 본령으로 돌아갈 것을, 돌아가야 할 것을 늘 역설한다.

백번 공감한다.

유성호 교수

유성호 선생님은 2000년 월간《현대시》를 통해 지면으로 먼저 알았다. 내 작품 「과수밭에서」를 자세히 언급한 평문을 읽었기 때문이다. 그런데 한국교원대학교 대학원 입학시험 면접장에서 처음 만났다. 내가 누구라고 하니 분명히 기억하셨다. 아, 선생님! 하면서 반가워했다. 한국교원대학교에 부임한 지 얼마 되지 않은 때였다. 만남은 그렇게 시작되었다.

여러 강좌의 강의도 듣고 논문 지도도 받았다. 창작 활동에 대한 의견 교환도 자주 했다. 덕분에 박사학위 논문이 수월하게 통과되었다. 2005년 8월의 일이다. 그 뒤 단체장을 연이어 맡는 바람에 함께 시조 관련 일들을 많이 했다. 대구시조 세미나와 2015년 갑년 출판기념회, 2018년 정년퇴직 잔치자리가 그렇고, 정음시조문학상 제정의 기초를 닦는 데도 도움이 컸다.

다음은 2021년 4월 26일 서울신문에 실린 "유성호 교수가 찾은 문학의 순간" 17회 이정환 한국시조시인협회 이사장 인터뷰 내용이다. 제목은 "시조로 읊어내는 시대정신… 세상의 어둠을 걷어내다"이다.

40여 년간 시조시단의 한복판을 걸어오며 "시조는 숙명"이라고 한 이정환 시인은 지난 3월 한국시조시인협회 이사장에 취임했다. 그는 임기 동안 현대 시조의 역사를 정리하겠다는 목표를 세웠다.

빼어난 문화민족은 저마다 고유한 정형시 양식을 계승해 왔다. 영미 쪽의 소네트, 한자 문화권의 한시, 일본의 와카나 하이쿠 등이 그 사례다. 우리의 경우에는 시조가 오랜 사랑을 받아 왔다. 그리고 시조는 지금도 왕성하게 쓰이고 읽히고 있는 현재형이다. 이렇게 우리의 운문 양식 가운데 거의 모든 것이 소멸했거나 다른 장르로 흡수된 데 비해 시조는 민족문학의 장자 역할을 수행하면서 면면히 이어 가고 있다. 시조시단의 종가인 한국시조시인협회는 이러한 시조시인들의 열정과 역량을 모아 문학장(場)에 실현하는 데 큰 역할을 해 왔다. 지난 3월 20일 제26대 이사장으로 선출된 이정환 시인은 40년 이상 시조를 써 온 우리 시조시단의 대표 중진이다. 그를 만나 시조만의 매혹을 느껴 보고 그 미래를 예감해 보리라 생각했다.

이정환 시인은 1954년 경북 군위에서 태어나 대구에서 학교를 다녔다. "대구 영신중 3학년 가을 국어 시간에 박상근 선생님께서 예이츠의 '이니스프리의 호도' 육성 파일을 들려주셨습니다. 뜻은 못 알아들었지만 그 운율과 음악이 몸에 감겨 왔습니다. 시에 관한 첫 기억이지요." '소년 이정환'은 이때부터 날마다 시를 생각했고 대학에 가서는 직접 시와 시조를 쓰는 습작생이 됐다. 그러다가 시조로 안착하게 된 결정적 계기는 1976년 월간 '샘터'에 시조를 응모해 한 해에 세 번이나 뽑혔던 것이었다. 여기서 용기를 얻은 '청년 이정환'은 본격적인 시조시인의 길을 걷게 된다. "연말에 가작으로 입상했을 때 잡지가 한 권 배달됐어요. 처음 보는 '시조문학'이라는 시조 전문 계간지였습니다. 보낸 분은 오래전 돌아가신 류제하 선생님이었습니다." 그 안에는 마음 내키면 신인 추천에 응모해 보라는 권유의 쪽지가 들어 있었다. 류 선생의 권면에 따라 그는 1978년 겨울호에 '시조문학'으로 추천을 완료했다. 그리고 한 걸음 더

나아가 1981년 중앙일보 신춘문예에 당선됐다.

그 후 거침없이 시조시단의 한복판으로 걸어 들어갔다. 1984년 '오류' 동인을 결성해 시조시단에 혁신의 바람을 일으킨 것이 그 첫걸음이었다. 이때 그는 민족문학의 자존심인 시조가 자신을 선택한 것 같은 떨림을 체험했다고 한다. 시조가 민족정신의 위의를 세워 가고 시대의 어둠을 걷어 내는 데 이바지해야 한다고 믿던 시절이었다. 그만큼 그에게 시조는 그 무엇과도 바꿀 수 없는 유일한 것이 돼 갔다

문청 시절에 '시림', '순수연대' 등 자유시 동인 활동을 했지만 시조를 쓰면서 "시조가 숙명이라는 자각을 했고 길은 하나뿐이라는 것을 절감했다"고 떠올린 그는 "시조 형식이 몹시 갑갑할 수 있을 터인데 처음부터 몸에 잘 맞았다"고 했다. 그는 시조를 쓰면 쓸수록 오묘하다는 것을 느꼈고, 시조 3장으로 무슨 노래든지 다 부를 수 있을 것이라는 확신을 가졌다. 그 깨달음이 40여년을 관통해 시조의 길을 달려오게끔 해 준 것이다. "시조는 제게 목숨 그 자체"라고 단언한 이정환 시인은 "시조가 더욱 사랑받는 양식이 되기 위한 길은 본령에 충실한 창작이다. 전통적 기율을 잘 지키는 가운데 다채로운 변용과 변주에 힘써야 한다"고 강조했다. 시인은 창의적 의미 공간인 종장의 반전을 잘 살리는 일이 중요하다고 거듭 말했다. 시조는 반드시 3장을 구비해야 하는데 그것이 시조의 존재론적 전제이기 때문이라는 것이다. "형식의 확장과 축소를 내세우더라도 매력과 마력의 율격인 3장이 훼손되는 일이 있어서는 안 됩니다. 시조가 많은 이로부터 사랑받는 일은 그 길밖에 없습니다. 자유시와는 판연히 다른 시조만의 고유성을 등한시하고서는 널리 사랑받기 어렵습니다. 시조의 생명은 가락에 있거든요." 나아가 시인은 시조를 쓰는 이들이 고시조와는 변별되는 '다른 목소리'의 주체가 돼야 한다고 힘주어 말한다. 그러기 위해서는 시대정신에 충실해야 하는데 그렇지 않으면 다중으로부터 외면당할 것이라고 봤

다. 뜨겁게 읽히는 시조가 어떤 것인지 끊임없이 궁구하지 않으면 시조시단이 '우리만의 리그'가 될 것이라고 스스로에게 다짐하고 있었다.

정형시와 자유시 사이에는 일정한 차이가 존재한다. 정형시에는 선험적 율격이 주어져 있고 자유시에는 시인의 호흡에 따른 자유로운 운율이 부가될 뿐이다. 그러니 시조를 쓰는 게 불편해 보이는 것도 자연스러워 보인다. 여기서 우리는 "왜 굳이 시조인가?"라는 질문을 던져 보게 된다. 자유시로도 표현할 수 있는 것을 왜 제약이 큰 시조라는 형식을 통해 표현하려 하는가? 이 첨단의 디지털 시대에 시조라는 오랜 양식이 왜 필요한가? 이러한 질문에 대해 이정환 시인은 "시조는 분명히 자유시와 다른 특성이 있다"면서 "그것을 '시조성'이라고 말할 수 있는데 시조성을 얼마나 잘 구현하고 있는지, 즉 전통적 기율에 충실하면서도 시대적 요청에 답하는 길을 잘 감당하고 있는지 살펴야 한다"고 대답했다. 시인은 시조의 다양한 형식은 인정하되 시조의 본령인 단시조 창작에 주력하는 일이 더 요청된다고 덧붙였다. 그것만이 '왜 시조인가?'에 대한 명징한 답변이 된다고 했다. 시조를 해외에 알리는 데 단시조가 가장 적절한 텍스트인데 단시조야말로 가장 맞춤한 '존재의 집'이기 때문이라고 했다. 가장 애착이 가는 작품을 묻자 그는 조금도 주저함 없이 '새와 수면'을 들었다. "강물 위로 새 한 마리 유유히 떠오르자 그 아래쪽 허공이 돌연 팽팽해져서 물결이 참지 못하고 일제히 퍼덕거린다 물속에 숨어 있던 수천의 새 떼들이 젖은 날갯죽지 툭툭 털며 솟구쳐서 한순간 허공을 찢는다. 오오 저 파열음!" 역동적인 팽팽함과 퍼덕거림의 몸짓이 새 떼의 솟구치는 비상을 감각적으로 잘 전달해 준다. 시인은 이 밖에도 '헌사', '애월 바다', '에워쌌으니', '원에 관하여', '주상절리' 등을 떠올렸다. 시조시인으로 살아오면서 가장 보람 있는 일은 무엇이었을까? "정음시조문학상을 제정해 시행한 것입니다. 2019년에 제1회 수상자를 냈고 올해로 3회째를 맞습니다." 제정 취지에서 시인은 훈민정음에서 찾아낸 '정음'의 정신을 받들겠다고 선언했다. 등단 15년 미만인 신진 시인의 창작 의지를 북돋우기 위한 의도로 시작된 이 문학상이 한국 시조시단의 청량한 기폭제가 될 것이라 생각해 본다. 그리고 시인은 문학이 인간의 영혼을 구원할 것이라고 문청 시절부터 믿었던 것이 한순간 무너져 내린 순간을 들려줬다. 1987년 첫 시조집 '아침 반감'을 내러 갔던 서울 길에서 체험한 종교적 회심이 그것이다. 이때부터 그는 진정한 영혼 구원의 길을 찾아가는 데 종교와 문학의 균형이 중요하다는 판단을 하게 된다. 더불어 이정환 시인은 어린이들을 위한 동시조를 꾸준히 쓰고 있는데, 2000년에 펴낸 첫 동시조집 '어쩌면 저기 저 나무에만 둥지를 틀었을까'에 수록된 '친구야, 눈빛만 봐도'가 초등학교 6학년 교과서에 실리기도 했다. 이 모든 것이 그가 가진 역량과 열정이 빛을 발하는 단면들일 것이다.

이제 그는 1000명이 넘는 회원을 거느린 한국시조시인협회 이사장으로서 임기를 시작한다. 3년 동안 이 협회를 이끌어 간다. "공복이라는 말을 생각했습니다. 저는 이 말을 '공공을 위한 일꾼'이라고 여기고 항상 낮은 자세로 일하고자 합니다. 종가는 한 문중에서 맏아들로만 이어 온 큰집이기에 그 책무가 무겁고 중차대합니다." '이사장 이정환'은 협회의 소중한 자산인 회원들의 작은 목소리에 귀 기울이며 참여 지분을 적극 넓혀 나가도록 힘쓸 것이라고 한다. 전국적으로 여러 시조단체가 활동 중인데 모두 함께 시조 발전을 위해 협조할 수 있는 길을 모색하는 일에도 노력을 기울일 생각이라고 한다. 그 가운데 그는 '한국현대시조문학사' 편찬을 구상 중이라고 밝혔다. "유구한 역사를 지닌 우리의 전통 시가인 현대시조가 100년 역사를 맞고 있으나 아직 현대시조문학사를 정리한 전공 서적이 없는 실정이라 문학사 간행위원회를 구성할 예정"이라고 설명했다. 3년 안에 우리는 비교적 두툼하고도 정치한 시조문학사 한 권을 그의 노력으로 받아 보게 될 것 같다. 막중한 임무에도 불구하고 그는 자신이 '시인 이정환'임을 한순간도 잊지 않는다. 그는 팔순이 넘어서도 시조와 동시조를 쓰면서 명작을 남긴 백수 정완영 선생을 떠올리며 "시인의 길에 나이는 조금도 걸림돌이 되지 않는다고 생각한다"고 했다. "시조는 삶을 향한 태도와 마음 상태가 중요하지요. 여력을 확보해 시조의 본질에 근접해 가는 활동을 이어 가고 싶습니다." 이정환 시인의 밝고 굵은 목소리에서 시조를 통해 빛을 뿌리는 미학적 순간들이 지극한 울림으로 다가오는 봄날이었다.

인터뷰 전체를 옮기는 것이 옳을 듯해서 모두 인용을 했다. 하고 싶은 말을 다 했고, 그 내용이 잘 요약되어 있어서 소중한 기록이라고 생각했기 때문이다.

뛰어난 텍스트 해석과 미려하고 활달한 문체는 독보적이다. 글과 말과 인품의 아름다운 조화로 보고 듣는 이에게 늘 깊은 감동을 안긴다. 참으로 천부적이다. 적절한 조언과 빠른 상황 판단은 문학적 행보에 큰 도움이 되고 있다. 지난한 창작의 길에 예견치 않은 소중한 만남이 이루어져 순풍에 돛을 단 듯 오랜 세월 동안 순항하고 있으니, 고마울 따름이다.

건필을 통해 한국문학이 더욱 깊어지고 윤택해지기를 기도한다.

태산준령 최영효

*

최영효 시인은 경남 함안 출생으로 1999년《현대시조》추천, 2000년 경남 신문 신춘문예 당선으로 등단했고, 시조집으로『무시로 저문 날에는 슬픔에 도 기대어 서라』『노다지라예』『죽고못사는』『컵밥3000 오디세이아』『아무 것도 아닌 것들의』와 시조선집『논객』등을 펴냈다.

그의 시조는 스케일이 크고 스펙트럼이 넓다. 또한 서정과 서사를 아우르 는 능력이 탁월하다. 그래서 그의 시조 세계를 태산준령이라고 불러도 좋을 것이다. 스케일이 크면서도 정치하다. 세밀하면서도 도저한 깊이를 담는 일 은 결코 쉽지 않다. 그러나 그는 남다른 기량과 시대를 꿰뚫는 혜안으로 새 로운 시조의 광맥을 줄기차게 굴착 중이다. 지천명을 훌쩍 넘어 등단한 이후 눈부신 적공을 쌓고 있는 것이다. 이 일은 그가 문청 시절부터 열망을 가지 고 문학의 길을 준비해왔기 때문에 가능했을 것이다. 50여년의 산 체험은 그 로 하여금 불굴의 시편을 쓸 수 있는 바탕이 되었던 셈이다. 다섯 권의 시조 집이 그것을 잘 말해주고 있다.

땅끝 앞 돌섬 위에 저 소나무 꼴값 좀 보소 뒤틀려 휘어져서 어딜 보고 있

는감요 지금 니 거기 선채로 날 기다리고 있었구마이

그냥 콱 죽으면 될 걸 죽지 못해 살고 있지라 이 뺨 저 뺨 오지게 맞고 막판

에 울러 왔지라 사는 게 끝은 있어도 까닭은 없는 게비여

끗발이 죽었분디 뭔 일이 됐겠소만 잘못 만난 때는 있어도 잘못 태어난 사

람 없지라 여그가 땅끝이라도 시작은 인자부터요

―「해남」 전문

「해남」을 보자. 해남은 토말 즉 땅끝과 만나는 곳이다. 일찍이 꿈에 그리
던 해남 땅끝 마을에 이르러 바닷물에 입맞춤한 기억이 있다. 또 한 번의 감
격스러운 순간이었다. '해남'은 입말을 질펀하게 구사하고 있다. 땅끝 앞 돌
섬 위에 저 소나무 꼴값 좀 보소 뒤틀려 휘어져서 어딜 보고 있는감요, 라고
화자는 다소 능청을 떨면서 말한다. 그러다가 지금 니 거기 선 채로 날 기다
리고 있었구마이, 라면서 화답을 한다. 시의 화자는 그냥 콱 죽으면 될 걸 죽
지 못해 살고 있지라 이 뺨 저 뺨 오지게 맞고 막판에 울러 왔지라, 라고 속
사정을 토로하면서 사는 게 끝은 있어도 까닭은 없는 게비여, 라고 말한다.
사는 까닭이 따로 없음을 환기시킨다. 또 다른 깨달음이다. 끗발이 죽었분
디 뭔 일이 됐겠소만 잘못 만난 때는 있어도 잘못 태어난 사람 없지라, 에서
도 마찬가지다. 이 세상에 살고 있는 이들 중에 잘못 태어난 사람은 한 사람
도 없는 것이 분명하다. 다들 잘 태어난 사람인데 다만 하기 나름일 뿐이다.
각양각색의 삶이 모여 이루는 세상에서 여그가 땅끝이라도 시작은 인자부

터요, 라는 화자의 마지막 발언에서 희망을 읽는다. 인제부터 시작하면 모든 일이 새롭게 열릴 것이다.

*

요즘 시조문단은 풍성해져서 읽을거리들이 많다. 발표 지면이 늘어난 점도 있지만, 좋은 작품을 쓰는 시인들이 그만큼 많이 확보되었기 때문일 것이다. 눈매 매서운 고급 독자는 군계일학을 찾으면 무릎을 치며 반기게 된다. 「웃음에 관한 고찰」은 그런 관점에서 볼 때 눈여겨보아야 할 작품이다. 웃음이 귀한 시절에 슬그머니 웃음을 안겨준다. 그러나 그 웃음이 금방 나오지는 않는다. 새겨 읽지 않으면 시의 화자의 의도를 수월하게 따라잡지 못하기 때문이다. 제시된 세 가지 장면의 미학적·정서적 정황을 면밀히 머릿속에 그려보아야 한다.

    1
    백무동 첫물이 물안개 뚫고 내리며 무연한 참꽃 마주쳐 곁눈으로 훔치다 헛디딘 발목을 끌고 바위에 미끄러지는 소리

    2
    처마 낮은 지붕 아래 다저녁 내릴 무렵 시집간 첫째 딸이 손자 안고 들어설 때 앉혀둔 찰옥수수가 솥뚜껑 여는 소리

    3
    가을볕 목덜미에 잔광이 빌붙기 전 콩이야 팥이야 하늘 바라 말리는 시간

깻단이 성질 못 참고 제물에 터지는 소리

                – 「웃음에 관한 고찰」 전문

먼저 첫 수에서 '백무동 첫물'이 '무연한 참꽃'을 곁눈질하다 그만 발목을 헛디디어 바위에 미끄러지는 사태를 그리고 있다. 그것이 왜 웃음을 주는가 하고 반문하는 이가 있다면 이 작품을 깊이 읽지 못한 것이다. 둘째 수에서는 '다저녁 내릴 무렵 시집간 첫째 딸'이 손자 안고 들어설 때에 맞추어 '앉혀 둔 찰옥수수가 솥뚜껑 여는 소리'가 들린다. 기가 막히게 맞아 떨어지는 순간이다. 셋째 수에서는 콩과 팥 등을 말리느라 분주한데 생각하지도 않은 '깻단이 성질 못 참고 제물에 터지는 소리'를 낸다.

독자는 또 생각한다. 이러한 전혀 다른 정황의 세 장면이 연출하고 있는 것과 웃음이 무슨 연관이 있는가 하고. 물론 그럴 수는 있다. 그러나 이러한 미시적 시각으로 새로운 시의 한 경지를 연 것은 몹시 놀라울뿐더러 웃음을 모르고 사는 사람들에게 혹은 깊은 사유의 세계와는 하등 관계없이 살아가는 현대인들에게 불쑥 내던지고 있는 메시지는 결코 작은 것이 아니다.

우리는 하루를 바쁘게 살아가고 있다. 진종일 일에 시달려서 혹은 사람에게 부대끼다가 한 번도 얼굴에 미소를 지어본 적이 없이 지냈다면 그것은 옳은 사람살이가 아닐 것이다. 늘 고개 숙이고만 걷다가 제대로 하늘 한 번 마음껏 올려다보지 못한 채로 살고 있다면 그것 역시 옳은 삶이 아닐 것이다. 여유를 가지고 푸른 하늘을 자주 우러르고, 이웃들을 만나 유쾌하게 소리 내어 웃으면서 얼굴을 마주 대한다면 삶의 활력이 되살아나지 않겠는가. 시인이 오죽하면 제목을 「웃음에 관한 고찰」이라고 소논문 제목처럼 무겁게 달았을까? 정말 '웃음'은 고찰을 해볼 만한 가치 있는 일이라고 절감했기 때문일 것이다.

*

　최영효 시인, 그는 이즈음 역사의식을 근간으로 하여 동학농민혁명의 격전지인 "우금치"를 수차례 찾아 발품을 팔면서 서사시조집을 집필 중이다.

　시조의 새로운 진경이 열릴 것이라는 예감이 든다.

달북 문인수

문인수 시인은 1945년 경북 성주 출생으로, 1985년 심상 신인상 당선으로 등단했다. 시집 『세상 모든 길은 집으로 간다』, 『늪이 늪에 젖듯이』, 『뿔』, 『홰치는 산』, 『배꼽』, 『동강의 높은 새』, 『쉬!』, 『적막 소리』 등과 동시집 『염소똥은 동그랗다』와 단시조집 『달북』이 있다.

그의 시조는 기율에 충실하면서도 끈끈한 자생력을 가지고 있고 자연친화적이다. 그만의 문체와 시풍, 다채로운 유형의 전개 양상으로 시조의 또 다른 표본을 제시한다. 본업인 자유시에서 일가를 이루었기에 그의 시조 또한 자유분방하고 참신하다. 문학적 성취가 남다른 점은 미세한 감각과 개성적인 세계 해석 때문이다.

봐, 달은 어디에나 떠 기울여 널 봐
그 마음 다 안다, 그건 그래, 그렇다 하는……

귀엣말,
환한

북

소리,

지금 다시 널 낳는 중

- 「달북」전문

「달북」을 보자. 달은 어디에나 떠서 우리를 바라본다. 달은 사람들에게는
대화 상대다. 교감이 이루어질 때 서로가 서로에게 깊은 이해와 신뢰를 쌓게
된다. 그건 그렇고 저건 저렇고 하는 이야기를 주고받는 가운데 분리될 수 없
는 일체감을 느끼게 된다. 그 순간 귀엣말과 같은 환한 북 소리가 들리고 다시
출산하는 과정이 이어진다. 낳는다는 것은 영원 지향적인 사건이다. 면면한
역사가 흐르고 있다는 방증이다. 달이 북인지 북이 달인지 모르는 가운데 자
아와 더불어 한 호흡을 이루며 빛나는 세계가 「달북」이다.

한 편을 더 살피자. 또 다른 단시조 「구름」에서 저러면 참 아프지 않게 늙
어 갈 수 있겠다, 라면서 딱딱하게 만져져서 맺힌 데가 없는지 제 마음을 또
뭉게뭉게 뒤져보는 중이라고 노래한다. 이렇듯 화자에게 구름은 무심코 흘
려보내는 단순한 구름이 아니다. 구름에서 자아의 움직임을 포착한다. 구름
의 생성과 현현에서 아프지 않게 늙어 갈 수 있는 미덕을 읽는다. 순응이다.
앞서 살폈듯이 내 몸에서 맺힌 데나 딱딱하게 만져지는 곳이 없는지 돌아보
게 한다. 구름의 피어오름을 우리는 흔히 뭉게뭉게, 라고 적는다. 이 의태어
는 낯선 것이 아니다. 그런데 종장에 이 말이 놓이면서 우리 삶과 묘하게 접
맥되어 강한 울림을 낳는다. 마치 구름처럼 자신의 마음을 뭉게뭉게 뒤져보
는 중이라고 말하고 있기 때문이다. 이것은 곧 자성이다. 내면 성찰이다. 원
문을 보면 초장을 따로 뚝 떼어놓았는데 그것도 의도적이다. 자연을 노래하
되 인생의 깊은 의미가 실리자 「구름」은 홀연히 의미심장한 소우주로 탈바

꿈한다.

문인수 시인의 유일한 시조집『달북』의 단시조들은 단순한 시의 한 형태가 아니다. 영적인 생명체다. 살아 움직이는 서정적 생명체로서의 시조는 현대인들의 능동적인 생존에 보탬이 될 수 있는 정신적 양식樣式과 양식糧食이다. 날마다 복잡다단하게 살아가는 이들에게 시조 감상과 시조 쓰기의 기회가 폭넓게 주어져야 할 것이다. 부대끼고 때로 쓰러져가는 이들의 마음을 보듬고 일으켜 세울 수 있는 간명한 양식을 가지고 있기 때문이다.

얼마 전 시인은 땅위의 삶을 다하고 하늘로 떠났다. 늦깎이로 등단했지만 꾸준한 시작 활동으로 자신만의 색깔을 드러내며 입지를 굳혔고, 따뜻한 감수성을 바탕으로 순수 서정시를 추구해왔다. 압축적이고 절제된 시어로 외롭고 소외된 존재들을 감싸 안으며 공감과 연민을 드러내는 작품을 주로 썼다. 그는 진실로 전 생애를 던져 시와 더불어 살았다. 그가 남긴 작품은 영원토록 불후할 것이다. 날이 갈수록 더욱 빛을 발할 것이다.

그의 생애에 유일한 시조집『달북』을 마음 깊이 기억하면서 그를 아프게 기리는 이 글을 맺는다.

천상 박권숙

　박권숙 시인은 1962년 경남 양산 출생으로 1991년 중앙일보 중앙시조백일장 연말 장원으로 등단했다. 시조집 『겨울 묵시록』, 『객토』, 『시간의 꽃』, 『홀씨들의 먼 길』, 『모든 틈은 꽃 핀다』, 『뜨거운 묘비명』 등이 있다. 그는 2021년 6월 11일 이 땅의 삶을 다하고 하늘나라로 떠났다. 소천한 사실은 일주일이 지나서야 세상에 알려졌다. 신록이 초록빛으로 눈부시게 반짝이는 싱그러운 유월의 어느 한낮 금정산 자락에서 두 손으로 시집을 받쳐 든 채 햇살보다 더 환하고 싱그럽게 웃고 있는 눈부신 영정사진 속의 시인, 천사의 모습을 한 시인을 숙연히 그려본다. 그는 하늘이 허락한 천부적인 문학적 재능이 꽃봉오리는 맺었지만 흐드러진 만개함으로 그 절정을 다 누리지 못하고 홀연히 우리 곁을 떠났다. 실로 그에게 시조는 또 하나의 신앙이었고, 끝까지 그의 삶을 지탱케 하는 불굴의 힘이었다.

　　수억 광년 전에 죽은 별이 아직 빛나듯이
　　다비를 끝낸 꽃이 마지막까지 붙든
　　찬란한 꽃의 일대기가 밤이슬로 멎어 있다

가장 몸을 낮추어서 가장 높은 곳에 오른

설산의 순례자가 불가해의 길을 내듯

저렇게 꽃은 나무를 관통한 빛이었다

목조의 붐 한 채를 축조해낸 꽃나무들

꽃 진 자리 봉안된 다라니경 베껴 쓰다

덜 마른 필묵 자국이 밤이슬로 멎어 있다

- 「꽃나무 부도」 전문

「꽃나무 부도」는 그가 마지막으로 지면에 발표한 작품이다. 수억 광년 전에 죽은 별이 아직 빛나듯이 다비를 끝낸 꽃이 마지막까지 붙든 찬란한 꽃의 일대기가 밤이슬로 멎어 있다, 라고 노래하고 있는 첫수에서 그가 무언가를 감지한 듯한 느낌을 받는다. 부도는 승려의 사리나 유골을 안치한 묘탑인데 어쩌면 작품 제목을 「꽃나무 부도」라고 했을까? 첫수에서 죽음의 그림자가 짙게 나타나고 있어서 더욱 애절하게 읽힌다. 가장 몸을 낮추어서 가장 높은 곳에 오른 설산의 순례자가 불가해의 길을 내듯 저렇게 꽃은 나무를 관통한 빛이었다, 라는 둘째 수에서 받는 심리적 충격도 크다. 목조의 붐 한 채를 축조해낸 꽃나무들 꽃 진 자리 봉안된 다라니경 베껴 쓰다 덜 마른 필묵 자국이 밤이슬로 멎어 있다, 라면서 첫수 종장 후구가 셋째 수 종장 후구에 다시 쓰인 점이 눈길을 끈다. 시인은 의미망으로나 미학적으로도 잘 직조된 이 작품을 쓰면서 자신의 종언을 은연중 예감한 것이라는 생각이 든다. 여러 이채로운 이미지의 시어들이 서로 조밀하게 꿰맞추어져 있어 거듭해서 읽는 동안 마음이 울컥해진다.

오래 전 그가 쓴 시조 「종말이 화사하다」를 찾아 읽는다.

마지막 꽃을 참하고 완결한 적막처럼

날아가 버린 것이 새 뿐이 아니라면

유정한 마침표 하나 세상 밖으로 던져진다

대낮에도 눈 부릅뜬 별이 다 보고 있다

낭자한 빛의 여백 낙화가 여닫을 때

꽃보다 만발한 허공 종말이 화사하다

- 「종말이 화사하다」 전문

마지막 꽃, 완결한 적막, 새, 유정한 마침표, 눈 부릅뜬 별, 낭자한 빛의 여백, 낙화라는 이미지가 연첩되다가 둘째 수 종장에서 꽃보다 만발한 허공 종말이 화사하다, 라고 끝맺고 있다. 참 아픈 구절이다.

그는 신산의 세월을 꿰뚫고 혼신을 다해 시혼을 불태우며 창작의 길을 걸었다. 그리하여 많은 명작을 남겼다. 그의 시조 세계는 남은 자들의 몫이 되어 연구 대상이 될 것이고 인구에 길이 회자할 것이다. 그가 보내온 다수의 육필 편지를 기억하며, 달포 전 직접 밝은 목소리로 통화했던 일을 떠올린다. 영영 추억이 되어버렸다. 이제 그는 스스로 노래한 것처럼 가장 높은 곳에 올랐다.

그를 마음 깊이 기린다.

제5부
시   절
이 야 기

삼국유사면 학암리

*

내 시의 모태는 삼국유사의 고장, 군위군 삼국유사면 학암리 성황골에서 시작된다. 뜰채를 내리기만 하면 한가득 올라오는 시어들이 곳곳에 도사리고 있는 곳, 내 시의 젖줄은 네댓 살 때부터 시렁 위에 얹힌 채 꾸들꾸들 말라가고 있었다. 지금도 나는 몹쓸 사무침이 스멀스멀 밀려오면 불쑥 고향 바람길에 몸을 싣는다. 서둘러 빈 옹기마다 고독의 물을 채우고 라이너 마리아 릴케의 시를 띄워서 두 손을 모아 목을 축인다.

아! 아직도 지천으로 널려 있는 시의 금싸라기 땅, 원시의 내 고향이여.

*

1954년 12월 12일, 양력으로는 1955년 1월 5일이었다. 학암리에서 위로 다섯 누이들을 이어 장남으로 태어났다. 문순공 이규보 선생의 27대 손이기에 격세유전을 신뢰한다면 세월을 한참 건너 뛰어 그 피를 얼마간 물려받은 셈이다.

빈농의 가정, 곧 허물어질 것 같은 초가집에서 마침내 세상 빛을 본 것은 아들을 얻고자 했던 아버지의 지극한 열망 때문이었다.

*

끝없이 높아지려는 것과 끝없이 깊어지려는 것 사이의 저 내적 갈등!

고향 가는 길, 인각사 못 미쳐서 화수에 각시봉이 있다. 앞의 시 「산」은 각시봉을 보고 쓴 것이다. 아직 확인해 본 일은 없지만 각시봉 꼭대기에 사시사철 마르지 않는 작은 샘물이 있다고 한다. 묘한 것은 길 건너 서쪽 편에 일정한 거리를 두고 총각봉이 마주하고 있다는 사실이다. 둘은 먼발치에서 서로 바라보며 누거만년 동안을 그렇게 지내고 있다.

상거의 아름다움, 애태움을 어찌말로 다 이르랴!

*

그 당시 학암리는 두메산골이었다. 우리 마을은 '고향의 봄' 속의 정경과 흡사하여 처음 와 보는 이들에게도 정겨움을 안겨주는 동네였다.

고향 가는 길복에 깎아지른 바위벼랑인 학소대 건너편에 인각사가 있다. 일연선사가 말년에 『삼국유사』를 집필한 절이다. 지금은 큰길 옆이지만 수십 년 전만 해도 '길은 절 안마당으로 천천히 끌려들어간다'는 느낌을 줄 만큼 고찰의 분위기가 있었다.

일찍 고향을 떠나 대구로 이주해 왔지만 고향에서 보낸 기억은 적잖다. 동네 조무래기들과 이른 봄 뒷산에 올라 그 당시 귀했던 성냥으로 불장난을 하다가 그만 불이 크게 번져 혼비백산 뿔뿔이 도망치던 일이며, 입언저리가 붉어지도록 참꽃을 따먹으며 허기진 배를 안고 온 산을 헤매던 일, 어느 늦가을 날 꽃상여를 따라가다 마른 떡을 받아먹던 기억들이 아직도 아련하다.

*

이른 봄날 산에 나무하러 갔다 오신 아버지가 지게 위에 꽂고 온 한 묶음 참꽃을 마당에 놓고 있던 내 품에 불쑥 안겨주셨다. 그 추억으로 말미암아 평생 문학을 하게 되었는지도 모른다.

수염 난 까칠까칠한 얼굴을 내 얼굴에 마구 부비며 하늘 높이 나를 번쩍 들어 올려 주셨을 때 나는 양 겨드랑이에 날개가 곧 돋아날 듯싶었다. 쟁기를 타고 흥얼거리며 아버지와 함께 밭 갈던 일, 포근한 누이 등에 업혀 늘 밀고 드나들던 사립문을 나와 동네 구석구석을 구경 다니던 기억도 생생하다.

뒤란 감나무 가지 위에 올라가 샘물을 내려다보다가 그만 가지가 부러져 옹달샘에 곤두박질쳐 죽을 뻔 했던 사건도 겪었다.

*

월순 유순 승자 말례 점례. 다섯 누이들의 이름이다. '이겨서 아들 얻자, 이제 끝내자, 점찍자.'라는 뜻을 가진 누이들의 이름에서 아들을 얻고자 하는 아버지의 간절한 바람을 엿볼 수 있다. 어머니는 첫아들을 병으로 잃고 내리 다섯 딸을 낳았다. 마음고생이 이만저만이 아니었을 것이다. 아버지는 장날이면 약주에 취해 돌아와서 마을 뒷산에 올라가 고래고래 소리를 질러댔다고 한다. 군위군 고로면에 아들 없는 사람은 나밖에 없노라고. 그런 와중에 내가 태어났으니 얼마나 기뻤을까.

그렇지만 갓난아기 때부터 잦은 병치레 때문에 어머니의 애간장을 적지 않게 태웠다.

*

일제강점기 시절 일본에 건너가서 십여 년간 지낸 부모님은 해방이 되자 고향을 다시 찾게 되면서 신산의 삶을 살았다. 일본에 남자고 고집했던 어머니의 말을 듣지 않는 바람에 참혹한 전쟁의 고통을 겪었고, 빈농으로 말미암아 식솔들을 제대로 먹이고 입히기가 어렵게 된 것은 아버지의 잘못이 컸다.

그러나 굶어 죽는 한이 있더라도 고향 산천에 뼈를 묻어야 한다는 아버지의 뜻도 틀린 것만은 아니었다.

*

큰누님을 산 너머 싸리밭골 마을로 시집보낸 후 온 가족이 고향을 떠나기로

결심한 것은 물려받은 논밭으로는 여덟 식구가 먹고살기 어려웠기 때문이었다.

철부지였던 나는 왜 학암리를 떠나지 않으면 안 되는지를 모른 채 낯선 대구로 왔다. 그러나 나의 뇌리에는 늘 고향 마을 뒷산과 당산나무, 물놀이하던 개울가, 가을이면 감이 주렁주렁 달리던 감나무가 있던 초가집과 눈에 환한 골목길이 깊이 각인되어 있어서 한동안 잠을 자다가도 깨면 문득 이곳이 학암리 우리 집 안방이 아닌가 하고 화들짝 놀라곤 하였다.

*

학창 시절 네 살 어린 남동생과 낙전동 싸리밭골 큰누님 집에 방학 때면 자주 놀러가곤 했다. 누님은 동생들이 애처롭다면서 찰밥과 토끼 고깃국을 끓여주었다. 얼어붙은 홍시와 달디 단 고염 열매, 토종꿀도 실컷 맛보게 하였다. 떠나는 날 누님은 동구 밖까지 따라와서 우리가 보이지 않을 때까지 손을 흔들어 주었다. 그리고 옷고름으로 눈물을 닦았다.

우리는 그런 모습을 먼발치에서 바라보면서 잠시 슬픔 같은 것을 느꼈지만 정겨운 산길을 내려가는 재미에 금방 마음이 밝아졌다.

*

학소대, 인각사와 더불어 오리쯤 떨어진 석산 마을에 있는 아미산을 빼놓을 수 없다. 그리 높지 않지만 우뚝 솟아오른 바위산이 절경이다. 석산초등학교에 가을 운동회가 열릴 때면 수백 명이 넘는 아이들과 동네 주민들의 함성이 아미산을 뒤흔들 정도였다.

큰누님 집이 있는 낙전동 싸리밭골 가는 길에 고불고불 수십 굽이를 돌아 오르면 압곡사라는 작은 절이 있다. 천혜의 요새와 같은 곳이다. 압곡사 경내에서 남쪽을 바라보면 그 또한 절경이다. 의상대사가 아미산 봉우리에서 손수 깎은 나무오리를 날려 보내자 날개를 퍼덕이며 순식간에 날아가서 앉은 자리에 절을 지었다고 한다.

빼놓을 수 없는 곳이 하나 더 있다. 고즈넉한 학암리 마을의 정취와 함께 뒷산 가는 길 어귀에 서 있는 '신비의 소나무'다. 수령 오백 년 가까이 된 이 소나무를 보며 자란 이들 중에 외지로 가서 꽤 훌륭하게 된 이들이 있다는 소문이 널리 알려진 뒤 여러 차례 방송과 신문에 보도된 바가 있다. 요즘도 날마다 적잖은 사람들이 다녀간다고 한다.

나는 한 번도 그곳에서 기원해 본 적은 없지만, 신비의 소나무의 헌걸찬 위용은 가히 바라보는 이들의 눈길을 압도하고도 남음이 있다.

*

몇 해 전에 고로면 소재지가 물에 잠겨 버렸다. 고향 오가는 길에 추억거리가 많던 초·중학교와 장터, 눈에 익은 많은 집들이 사라지고 낯선 면사무소와 농협이 산중턱에 자리 잡았다. 댐 건설로 말미암아 옛 기억을 더듬기란 쉽지 않다.

고로면 학암리. 윗대 선조와 부모님이 잠든 그곳은 내가 언젠가 돌아가야 할, 돌아갈 수밖에 없는 본향과 같은 곳이다. 내 생명의 근원이고 상상력의 원천이기에 내 젖은 눈길은 이따금 동북 편 하늘 쪽으로 향하고는 한다.

칠성동

*

대구에 와서 초등학교에 들어갔다. 입학은 칠성초등학교였다. 구역 개편으로 1학년 2학기 때 갓 개교한 옥산초등학교로 옮겨 거기서 졸업했다. 세살 위인 막내 누이와는 동기였다. 동생을 돌보라고 입학을 늦추었다가 함께 다니게 했던 것이다. 어머니의 깊은 배려였지만 누나는 무척 견디기 어려웠을 것이다.

초등학교 시절 공부한 기억이 별로 없다. 노는 일에 정신이 팔렸다가 6학년이 되어서야 책을 들여다보기 시작했다. 입시가 있었던 시절이었기에 낙방하면 중학교 모자를 쓸 수 없었다. 처음으로 긴장감 같은 것을 느꼈다. 썩 공부 잘 하던 막내 누이는 일터로, 나는 중학교로 진학했다.

지금도 함께 활동하고 있는 작곡가 홍세영은 6학년 때 같은 반이었고, 대학 시절 칠성동에 있는 북부교회를 같이 다녔다. 홍세영은 나의 시편들을 스무 편 넘게 동요와 가곡, 합창곡으로 만들어 연주했다. 오랜 벗이자 내 시를 가장 잘 해석하고 있는 작곡가다.

*

"죄의 삯은 사망이요 하나님의 은사는 그리스도 예수 안에서 영생이니라."

중학교 성경 시간에 심상선 목사님으로부터 귀에 못이 박이도록 들은 말씀이다. 무심코 들었던 그 말씀이 오늘날 나를 움직이는 원동력, 삶의 근간이 될 줄 그 당시에는 까맣게 몰랐다.

중학교 3학년이던 1969년 가을, 가슴 속에서 부단히 들끓어 오르는 정체 모를 그 무엇을 끄집어 내지 않으면 병이 날 것 같았다. 그것이 시를 쓰게 된 첫 경험이었다.

국어 수업 시간이었다. 연극인이었던 박상근 선생님이 예이츠의 육성을 들려주었다. 저 유명한 「이니스프리의 호도」였다. 아주 강렬하였다.

*

흑백만 구분하던 내 시작 노트는 고교 시절까지 이어졌다. 소월과 목월만 알던 내가 미당 서정주의 경이적인 시 세계에 눈을 뜬 다음부터 신발이 닳도록 질마재 그 신화의 길을 넘나들면서 시를 닥치는 대로 외우곤 했다. 커다란 물기둥은 한시도 나를 가만 두지 못하고 내 감성을 무너뜨렸다. 들이닥치는 대로 체에 걸러 햇볕에 보송보송 말리기만 하던 그 시절……. 하지만 골라도 골라내어도 쭉정이는 섞여 제 값을 받기 어려웠다. 노력한 만큼 소출이나지 않았을 무렵 박용철의 「시적 변용에 관하여」라는 글이 그 무슨 비밀 정경처럼 내 안으로 뛰어 들어와 나는 색깔을 확연히 구분하게 되었다.

버지니아 울프의 생애와 바이런, 라이너 마리아 릴케, 소월과 미당, 청마, 박인환, 김현승의 시편들을 대하면서 나는 활화산이 되었다. 당시 국어를 가르쳤던 문학평론가 오양호 선생님이 내게 도전의 불길을 당겨 주었다. 아, 평생 시를 쓸 수 있겠구나 하는 생각을 어렴풋이 하면서 릴케의 말처럼 어느 날 쓰지 않고는 못 배길 것 같은 나를 발견하고는 종종 놀라곤 했다. 그 뒤 문학이 곧 영혼 구원의 지름길이라고 오랫동안 굳게 믿었다.

지금은 목사가 된 이흥식과 화가 임학득은 고등학교 시절 한 반에서 공부하며 시를 썼다. 이흥식은 사유의 깊이가 엿보이는 차원 높은 시를, 임학득은 서정성이 농후한 아름다운 시를 종종 보여주었다. 나는 이 친구들보다 못했다. 내가 쓴 시들은 어딘지 모르게 허술하고 미진했다. 열패감을 느꼈다. 새로운 돌파구 같은 것을 천천히 찾아보기 시작했다.

3년 동안 줄기차게 일기와 시를 썼다. 매우 퇴폐적인 나의 시들은 불안정하기 이를 데 없는 내 영혼의 그림자였다. 그 당시 스무 살을 맞는 것은 극도의 치욕이라고 여기고 열아홉 살까지만 살아야 하겠다고 혼자 다짐하기도 했다. 어리석을진저!

졸업할 때 영신 교지에 시 두 편과 일기문을 실었다. 첫 지면화의 경험은 놀라움 그 자체였다. 참으로 눈부신 환희였다.

봉덕동·중동

2년여의 대학 생활을 줄곧 시만 생각하다가 한동안 방황하였다. 봉덕동 시절 토마토만 먹으면서 몇 달을 견디던 때가 있었다.

나로 하여금 지금까지 글을 쓰게 만든 것은 20대 초반 내 시조가 실렸던 《여성동아》와 《샘터》 그리고 대구교육대학 학보였다. 특히 일반 독자들을 대상으로 한 '샘터 시조'는 나를 지탱케 하는 힘이었다. 대학 졸업 후 갈 길을 몰라 헤맬 때 내가 쓴 시조들이 여러 번 게재되고, 연말에 '샘터시조상'까지 받게 되었던 것이다. 1976년의 일이다. 삶의 활력을 주었다. 아직도 대구시 남구 봉덕2동 876-4번지를 또렷하게 기억하고 있는 것은 문청 시절 무수한 편지들을 주고받던 주소지였기 때문이다.

이 무렵 《샘터》를 통해 평생 문학 동지인 박기섭 시인과 만났다. 등단 이후 의기투합하여 1981년 가을 2인 시조집 『덧니』를 내고, '오류동인', 《열린시조》 편집위원으로 함께 활동하면서 척박한 시조문단을 일구는 일에 힘써왔다.

《샘터》로 말미암아 고 류제하 선생으로부터 《시조문학》지를 한 권 받게 되었다. 그것이 계기가 되어 1977년 1회 추천, 1978년 추천완료로 등단했다. 그 뒤 《시조문학》 주간이자 이화여대 교수였던 리태극 선생을 뵙게 되었고, 결혼식 때 주례를 해주셨다.

지례면 교리

　　교육대학을 졸업하고 산간벽지의 교사가 되었다. 자연과 벗할 수 있는 경북 금릉군 지례면 지례초등학교. 나는 그곳에서 어린이들과 마음껏 뛰놀았다.

　　고개만 들면 산과 냇물과 푸른 하늘, 맑은 바람 속에서 시를 썼고 낚시를 즐기다가 1981년 「냇가에 앉아서」로 중앙일보 신춘문예에 당선되었다. 전화통지가 오기 전 날이던 1980년 12월 19일 밤에 나는 선산 무을 못에서 생애 최초로 커다란 잉어 한 마리를 낚았다. 참으로 경이로운 일이었다. 현실이라고 굳게 믿었지만 깨니 꿈이었다. 겨울방학이었던 12월 20일 아침밥을 먹는 둥 마는 둥 하고 학교로 갔다. 교무실 앞 자석식 전화기 앞에 대기했다. 서울에서 내게 전화가 올 것이라고 생각했기 때문이다. 그것은 적중했고, 나는 꿈에 그리던 신춘문예에 당선되었다. 1969년 가을 처음으로 시를 시작한 이후 가장 영광스러운 순간이었다. 그해 겨울 새벽마다 중앙일보 신문을 석 달 동안 배달했던 일이 떠올랐다.

　　신춘문예 당선 통지를 받고 인터뷰 하러 중앙일보사 문화부로 찾아갔다. 담당자 임재걸 기자를 만났을 때 그는 대뜸 자신의 책상서랍을 열었다 닫았다 하면서 5편을 응모했는데 당선작이 무엇인지 맞춰보라고 했다. 번번이

틀리자 「냇가에 앉아서」라고 말하면서 당선자가 당선작을 모르니 당선을 취소해야 하겠다고 으름장을 놓았다. 참 짓궂었지만 흥미로운 인터뷰였다. 그때 심사를 맡았던 박재삼 선생님은 당대에 빛나지 않으면 후세에 길이 남을 수 없으니 부지런히 쓸 것을 당부하셨다.

가정을 꾸렸고 아이들이 태어났다. 그러나 나의 방황은 끝나지 않았다. 이따금 공허를 견디지 못한 내 영혼은 약한 바람에도 쉬이 허물어지곤 했다. 그 와중에서도 부지런히 시를 썼다.

신암동·복현동

*

서른 갓 넘었을 무렵 내게 세 번째 기회가 찾아왔다. 신앙이었다. '아, 이번에 놓치면 나는 어쩔 수 없는 사람으로 전락하고 말 것이다.' 혼자 그런 생각을 오래 하였다.

어느 날 시가, 문학이 영혼을 구원하리라는 나의 확신을 일거에 무너뜨리는 영적 사건이 내게 닥쳤다. 그것은 폭풍우와 우레와 같은 힘으로 내 안으로 쳐들어 왔다. 감히 거부할 수도, 거부해서도 안 될 일이었다. 더 이상 다른 선택은 없었다. 흡사 들끓어 오르는 마그마와도 같은 것이 무한정 분출하여 나를 뒤덮어 버렸다.

나는 마침내 사로잡힌 영혼이었다.

*

나에게 세상의 빛을 받게 한 아버지, 어머니…….

다분히 서정적이고 즉흥적이셨던 아버지는 일평생 뜬 구름이었다. 풍류를 아는 만큼 가정적이지 못했다. 집안 사정 돌아가는 것에 대해 깜깜했다. 그렇지만 아버지는 이야기꾼이었다. 동생과 나는 특히 겨울밤이면 무척 행복했다. 늘 내 차지였던 아버지의 등은 한없이 따뜻했고, 나직나직 귓전을 울리던 구수한 옛날이야기에 상상의 날개를 마음껏 펼칠 수 있었다. 이야기가 세상을 움직인다는 말처럼 지금까지 나를 움직여 온 것은 어린 시절 들었던 아버지의 옛날 이야기였다. 무한대의 상상력을 키워 주었기 때문이다.

글을 익힐 틈이 없었던 어머니는 평생을 집으로 오가는 시내버스 번호 몇 개만 인지하고 사셨다. 종종 글을 깨우치지 못한 안타까움을 토로했지만, 신기하게도 동네 반장 일을 맡아 오랫동안 잘 해내셨다.

아버지와 어머니는 살아생전에 큰아들이 글을 쓰고 선생이 된 것에 대해 흡족해 하셨다. 특히 어머니는 아버지를 천주교 대세로 장사 치르면서 작은 일에도 잘 흔들리곤 하는 내게 신앙을 가질 것을 권했다.

이른 새벽에 일어나 앉아 내 머리맡에서 쪽진 머리를 빗으시던 온화한 모습의 어머니가 지금도 한 번씩 생각나곤 한다. 스무 해가 훨씬 넘었지만 평화롭게 눈 감으시고 돌아가셨을 때의 모습도 생생하다.

세상 뜬 지 마흔 해 가까운 아버지, 아버지의 임종을 당시 스물 셋이던 나 혼자서 지켰다. 첫눈이 함박눈 되어 퍼붓던 초겨울 날 고향 선영에 묻히셨다. 하관 때 누이들과는 달리 나는 눈물 한 방울 흘리지 않았다. 돌아가시기 전 몇 해 동안 몹쓸 병고로 모진 세월을 보내실 때 곁에서 처절하게 지켜보았기 때문이었다.

죽음은 퇴장이자 등장이다. 새로운 삶의 시작이다. 언젠가 천국에서 두 분을 만나 뵙게 되리라.

지산동·범물동

*

　나는 운동을 좋아한다. 그 중 탁구는 이십여 년 이상 함께 한 벗이다. 작은 공 하나의 움직임에서 세계를 읽는다. 속마음을 읽는다. 승패와는 거리가 먼 쾌활한 웃음이 있다. 경쾌한 몸놀림과 재빠른 스윙, 끊임없는 눈동자의 움직임에서 세계를 긍정하는 힘이 생성된다. 탁구는 실로 지금까지 내 삶의 견인차, 원동력이라고 해도 지나치지 않으리라. 몸과 마음의 균형 유지에 이만한 운동도 없기 때문이다.

　바닥에 닿기 전까지는 눈길이 끝까지 공을 좇아가야 한다. 들어 올려 넘기기 위해서다. 그것이 인생이다.

*

　대학원 과정을 하면서 현대시조에 관해 학위 논문을 썼다. 원용문 선생님은 박사과정을 권했고, 빼어난 미학적 안목과 평필로 시조문학의 울타리를 크게 넓히고 있는 문학평론가 유성호 선생님은 지도교수였다.

학문하는 즐거움은 창작과는 또 다른 보람과 긍지를 안겨 주었다.

*

그동안 후학 양성에 힘썼다. 그리고 적잖은 이들을 시조의 길로 이끌었다.

후진 없이 앞서간 이는 없다. 뒷사람을 육성하여야 앞사람의 업적도 빛이 난다. 고려 말경에 우탁과 같은 시조작가가 없었더라면 오늘날 이 급박하게 돌아가는 첨단정보화 시대, 우주 개척 시대에 그 누가 한글로 시조를 쓰기 위해 밤을 지새우겠는가.

시조가 얼마나 멋진 시의 한 갈래인지, 한 편도 써 보지 않은 사람은 결코 알 수 없다. 대한민국에 태어나서 우리말을 하고 우리글을 쓰는 이가 시조 한 편 써 보지 않고 종언을 맞이하였다면, 그는 어떤 의미에서 일평생 동안 직무유기를 한 것이다.

시조의 미래는 젊은 후진들이 얼마나 많이, 성실히 이 길을 걷는가에 달려 있다. 체계적으로 시조 교육이 이루어져야 한다. 정신의 양식으로서 우리 것 중에 시조만한 것을 찾아보기 어렵기 때문이다.

*

나는 전천후다. 글로 세상을 꿈꾸는 자로서 한시도 쓰지 않고는 못 배긴다. 쓴다는 것은 때로 커다란 고통이다. 기쁨의 시간은 그리 길지 않다. 그러나 그 순간은 뼛속 깊이 아로새겨진다. 영혼을 움직인다.

내 몸의 갈빗대를 취하여 얻은 시에 살을 붙이고 혼을 불어 넣는다. 내 몸과 영혼은 곧 시요, 시는 곧 나 자신이다. 무궁무진한 마력의 세계는 항시 나를 견인하지만 나는 줄곧 아가페적인 사랑만을 보냈을 뿐이다. 내가 얻고자 한 것이 진정 무엇이었던가. 나는 늘 시 빚을 갚기 위해 오늘도 갈빗대를 취하는 고통을 기꺼이 받아들인다.

나는 언제 어디서나 쉼 없이 언어의 자맥질을 하는 전천후 시인이다.

*

'휘영청!'

그렇다. 우리 인생도 언제나 휘영청 했으면 좋겠다. 어둠을 걷어내는 말로 이만한 낱말이 있을까. 언어는 언제나 민감하고 신비로운 것이다. 이 세계가 풀 수 없는 수수께끼로 가득한 것처럼.

일생을 한 가지 일에만 전력을 쏟아 붓는 일은 지난하지만 복되기도 하다. 말과의 씨름, 말과의 시름은 끝없다. 언어의 묘미는 무한정한 것이기에.

그 길을 걷고 있는 나는 말할 수 없이 행복하다.

*

그동안 사랑시를 적잖게 썼다. 죽음보다 더 무서운 처절한 쟁투의 나날에

「헌사」와 「별사」를 썼고, 「자목련 산비탈」과 「에워쌌으니」를, 「애월 바다」와 「주상절리」를 썼다. 서정적인 세계가 체질상 내게 잘 맞았다. 그리고 누군가를, 무언가를 만나면 불붙어 불타오르기까지 신명을 다하는 내 성정이 사랑의 시편을 부단히 쓰게 만들었다.

내 예술적 상상력의 원천, 천애를 넘나드는 눈물꽃나비여.
오오 다함없이 어여쁜 이
내 눈물의 끝자락을 적시는 미림의 하늘빛이여.

*

내가 가장 사랑하는 꽃은 자목련과 모란이다. 자목련은 나의 삼십대를 관통한 꽃이다. 그 이후 자목련의 아름다움은 경주 남산 천년의 세월과 접맥되어 내 영혼의 일부분이 되었다. 아니 전부가 되었다.

어느 해 시월 북유럽 길에 무수히 부르던 이름 모란! 무슨 연유에서일까. 기나긴 여정 중에 내 가슴 속에서는 수천수만 송이의 모란이 꽃구름처럼 피어났다. 모란꽃 속에는 내 영혼이 깃들어 있다. 말할 수 없이 여린 이의 숨결이 어려 있다. 저 아득한 천년의 깊이로부터 피어오르는 모란꽃. 눈물 없이 부를 수 없는 나의 꽃, 모란!

내가 늘 기대고 있는 곳은 주상절리다. 주상절리에서 십자가를 본다. 임마누엘의 현현을 본다. 그 어떤 힘에도 굴복하지 않는 도저한 성채와 같은 뼈대의 주상절리는 눈물꽃나비를 향해 불타오르는 영원의 불길이다.

자목련……모란……주상절리……눈물꽃나비여.

　나는 시의 성소와 같은 곳을 몇 군데 알고 있다. 이따금 혼자 찾는다. 여름이면 작약꽃이 만발하던 최정산 정상이다. 그곳에서는 곧장 하늘로 가는 길이 내 눈에는 보인다. 깊은 사유에 잠길 수 있는 곳이다. 늦가을이나 초겨울이면 더욱 그러하다.

　또 한 곳은 비슬산 자락에 있는 명적암이다. 용연사 옆길에서 깊숙이 들어가야 만날 수 있는 고즈넉한 풍경이 이채롭다. 시의 근원 같은 풍광을 보듬고 있는 곳이어서 쫓기는 일상 중에도 그곳 일대가 뇌리에 종종 침투해 들어오곤 한다. 나는 그때마다 새로운 기운을 얻는다.

　한 곳 더는 수도암이다. 김천시 증산면 산속 깊은 곳에 자리 잡고 있다. 오래 전 폭설이 내린 날 찾았을 때 군데군데 눈의 무게를 이겨내지 못한 삭정이들이 부러져 나뒹굴고 있었다. 나는 그때 내 팔이 떨어져나가 눈 위에 던져져 있지나 않나 하고 불시에 내 몸을 더듬어 보았다. 함께 한 그가 연푸르게 미소 지었다.

　천지가 눈 속인데 빛바래어서 더욱 신비스러운 푸른빛 문살을 보는 순간 그 문을 밀면 다른 세상으로 곧 건너갈 수 있을 듯싶었다. 아아, 그날 그곳 어딘가에서 순백한 한 영혼이 소리 소문 없이 승천했을는지도 모른다.

나는 완전한 합일을 믿는다. 시와의 완전한 합일, 우주와의 완전한 합일을. 오래 전 나는 완전한 합일과 해후했다. 지상에서뿐만 아니라 장차 하늘나라에서도 이루어질 일체, 영원한 분신 그 눈물겨운 주상절리와 꿈의 사닥다리를.

내 영혼의 주인이신 그 분의 무한한 은총과 사랑을!